新潮文庫

もし高校野球の女子マネージャーがドラッカーの『マネジメント』を読んだら

岩崎夏海著

新潮社版

10251

目次

もし高校野球の女子マネージャーが
ドラッカーの『マネジメント』を読んだら

プロローグ

川島みなみが野球部のマネージャーになったのは、高校二年生の七月半ば、夏休み直前のことだった。

それは突然のことだった。ほんの少し前まで、みなみはまさか自分が野球部のマネージャーになるとは思っていなかった。それまでは、どこの部活にも所属していないただの女子高生にすぎなかった。野球部とは縁もゆかりもなかった。

ところが、思いもよらない事情から野球部のマネージャーをすることとなった。そのため、二年生の夏休み前という中途半端《はんぱ》な時期ではあったが、野球部に入部したのである。

マネージャーになったみなみには、一つの目標があった。それは、「野球部を甲子園に連れていく」ということだった。彼女はそのためにマネージャーになったのだ。

それは夢などというあやふやなものではなかった。願望ですらなかった。明確な目標だった。使命だった。みなみは、野球部を甲子園に連れて「いきたい」とは考えていなかった。連れて「いく」と決めたのだ。

しかし、そう決めたはいいものの、どうしたらそれを実現できるか、具体的なアイデアがあるわけではなかった。前述したように、これまで野球部とは無縁の生活を送ってきた。だから、野球部はおろか、マネージャーのこともよく分かっていなかったのだ。

しかしみなみは、それを全く気にしていなかった。なんとかなる――と単純に考えていた。彼女にはそういうところがあった。考えるより先に、まず行動するのだ。

野球部のマネージャーになったのもそうだった。「どうやったら野球部を甲子園に連れていけるか」と考える前に、まず「野球部を甲子園に連れていく」と決めてしまった。そして、そう決めたらもう考えるのをやめ、すぐ行動に移したのである。

第一章　みなみは『マネジメント』と出会った

1

　みなみが通っていたのは、「東京都立程久保《ほどくぼ》高校」という公立の普通高校だった。程久保高校——通称「程高《ほどこう》」は、東京の西部、関東平野が終わって多摩の丘陵地帯が始まる、大小さまざまな丘の連なる一角にあった。

　校舎は、そんな丘の一つ、見晴らしのよい高台の上に建っていた。教室の窓からは、遠く奥多摩の連山や、晴れた日には富士山まで見通せた。

　その一帯は、昭和の半ばに山林を伐《き》り開いてできたベッドタウンで、周辺にはまだ雑木林も多く残り、東京とはいえ自然豊かなところだった。

程高は進学校だった。偏差値は六十を超え、大学進学率はほぼ百パーセントで、毎年数名の東大合格者を出すほどだった。

それに比べると、スポーツの方はさっぱりだった。部活動そのものは盛んだったが、全国大会に出るような強豪は一つもなかった。

それは野球部も同じだった。けっして弱くはなかったが、強くもなかった。甲子園を狙《ねら》えるようなレベルにはなかった。これまでの最高は、もう二十年以上も前に一度だけ五回戦（ベスト16）に進出したことがあるだけで、いつもはよくて三回戦止まりだった。

そのことはみなみも知っていた。だから、もともと今の野球部に大きな期待をしていたわけではなかったが、それでも、いざ入部してみると愕然《がくぜん》とさせられた。現状が、あまりにもお粗末だったからだ。これでは、甲子園はおろか、一回戦を勝ち抜くのさえどうかと思わされた。

みなみがマネージャーになったのは、夏の都予選に負けて三年生が引退した直後だった。だからというのもあったが、この時期の練習にはほとんどの部員が参加していなかった。

別に休みというわけではなかった。練習はちゃんと行われていた。それにもかかわらず、多くの部員がほとんどなんの理由もなしに、またなんの報告もなしで、練習をサボっていたのである。

この頃の野球部には、そういう雰囲気があった。出るのも休むのも全くの自由。自由というと聞こえはいいが、単に規律がないだけであった。いくら休もうと、いくらサボろうと、なんのおとがめもなしだったのである。

みなみが初めて練習に参加した日、出席していたのはたったの五名だけだった。部員は全部で二十三名だったから、四分の三以上が欠席していたことになる。しかも、そういう状態が約一週間続いた。そうして、あっという間に夏休みが目前に迫った。

それで、さすがにみなみも少し焦《あせ》った。このまま何もせず夏休みに入ってしまうのはいやだった。せめて自分の思いくらいは誰かに伝えておきたかった。そのうえで、自分の考えに賛同してくれたり、協力を申し出てくれる仲間を募りたかった。

そこで彼女は、監督と、出席していた数少ない部員たちに対して、こう打ち明けた。

「私は、この野球部を甲子園に連れていきたいんです」

すると、それに対してさまざまな答えが返ってきた。真剣に聞いてくれた者もいれば、軽く受け流した者もいた。中には、ほとんど要領を得ない答えもあった。しかし、その全《すべ》てに共通していたのは、どれも否定的なことだった。

監督の加地《かち》誠は、こう言った。

「それはさすがにムリじゃないかな。甲子園大会が始まってもう九十年以上になるけど、西東京地区で都立校が甲子園に出場したのはこれまでたったの一校、都立国立高校だけだからね。それでなくとも西東京は、私立の強豪がひしめく激戦区で、桜美林《おうびりん》、日大三高、早稲田実業と、甲子園優勝経験校が三つもある。甲子園に出場するには、そうした私立の強豪をいくつも倒さなければならないんだよ。その目標は、あまりにも現実とかけ離れているよ」

キャプテンの星出《ほしで》純は、こう言った。

「それは正直厳しいよ。うちの部員たちは、甲子園に出るために野球をやってるわけじゃないからね。身体《からだ》を鍛えたり、仲間を作ったり、高校時代の思い出を作るためだったり……後は、子供の頃からの惰性とか、他にやることがないからってやつもいるし。そういう連中に『甲子園を目指そう』と言ったって、誰もついてこないんじゃないかな」

野手の要、キャッチャーの柏木次郎はこう言った。

「あのさ、それはやっぱり難しいと思うよ。気持ちは分かるけど、へたに甲子園なんか目指したりすると、かえって行けなかった時のショックが大きくなるんじゃないかな？　だったら、初めから大きなことは言わないで、三回戦突破くらいを目標にしておいた方が無難だよ」

それから、一転して声を潜めると、こんなふうに尋ねてきた。

「ところで、おまえ、本気なのかよ。本気でマネージャーをやるつもりなのか？　前のことはもういいのか？　……だって、前はあれほど野球を嫌って――」

しかしみなみは、次郎のことをジロリとにらむと、言葉を遮るように言った。

「誰かに余計なことしゃべったら、許さないからね」

「それは……分かってるよ」と、次郎はひょいと首をすくめてみせた。

最後に尋ねた一年生女子マネージャー、北条文乃《あやの》はこう言った。

「え？　あ、はい。甲子園ですか？　え、あ、はい。そうですね……いえ、あの、別に……。あ、はい……」

そう答えたきり、彼女は何も言わなくなってしまった。

結局、みなみの考えに賛同したり、協力を申し出たりする人間は、一人もいなかった。

それでも、彼女はへこたれたりはしなかった。逆にモチベーションを高めていた。面白い――とみなみは思った。誰にも相手にされないからこそ、逆にやりがいもあるというものだ。

みなみには、そういうところがあった。逆境になればなるほど、闘志をかき立てられるのだ。

それに、みなみには全くなんの味方もないわけではなかった。この頃までに、彼女は一つの強力な味方を得ていた。

2

野球部のマネージャーになって、みなみがまず初めにしたことは、「マネージャー」という言葉の意味を調べることだった。それがどういう意味かということさえ、彼女はよく知らなかったのだ。

そこで、家にあった広辞苑《こうじえん》を引いてみた。すると、そこにはこうあった。

マネージャー【manager】支配人。経営者。管理人。監督。

また、すぐ隣にはこんな言葉も載っていた。

マネージメント【management】管理。処理。経営。

これを読んで、みなみは「マネージャー」というものを「管理や経営をする人――つまりマネージメントをする人」だと理解した。

次に、今度は近所の大型書店に出かけていった。そこで、マネージャー、あるいはマネージメントについて、何か具体的に書かれている本を見つけようとしたのだ。

本屋さんまでやって来た彼女は、店員にこう尋ねた。

「何か『マネージャー』、あるいは『マネージメント』に関する本はありますか？」

するとその若い女性店員は、一旦《いったん》店の奥に引っ込むと、すぐに一冊の本を手にして戻ってきた。それを差し出しながら、彼女はこう言った。

「これなんかいかがでしょうか？　これは『マネジャー』あるいは『マネジメント』について書かれた本の中で、最も有名なものです。世界で一番読まれた本ですね。もう三十年以上も前に書かれたものなんですけど、今でも売れ続けているロングセラーです。これは、その要点を抜き出した『エッセンシャル版』です。『完全版』というのもあるんですけど、初めての方にはこちらをお薦めしています」

そこでみなみは、その本を手にとって見てみた。タイトルには、そのものズバリ『マネジメント』とあった。著者はピーター・F・ドラッカーで、編訳者は上田惇生《あつお》、出版社はダイヤモンド社となっていた。

そうして彼女は、中身も見ずにその本を買い求めた。値段は二千百円と少し高かったものの、世界で一番読まれた本というのが気に入った。

それに、あれこれ考えてもしょうがない――という思いもあった。――もともと「マネージャー」という言葉の意味さえ知らなかったのだ。そんな自分に、本の良《よ》し悪《あ》しなど分からない。こういう時は、あれこれ考えず、まずは買って読んでみるに限る。

本を買ったみなみは、家に帰ると早速それを読み始めた。しかし、読んですぐに後悔し始めた。本の中に、野球についての話がちっとも出てこなかったからだ。それは、野球とは無関係の、「企業経営」について書かれた本だった。

おかげで、みなみは自分にうんざりさせられた。

――せめて、野球について書かれているかどうかくらいは確認すればよかった。せっかちにもほどがある。今度からは、少なくとも中身くらいは確認しよう。

それでも、すぐに気持ちを切り替え、その先を読み進めた。

――せっかく二千百円も出したのだから、読むだけは読んでみよう。野球に関係なくても、「世界で一番読まれた」ことには変わりないわけだから、何かの参考にはなるだろう。

そんなふうに、みなみには反省してもすぐ気持ちを切り替えてしまうところがあった。おかげで、落ち込むことが少ない代わりに、せっかちな性格が改善されることもなかなかなかった。

ところが、そうやって読み進めてみると、その本は意外に面白かった。また、単に「企業経営」についてだけ書いてあるわけではないというのも次第に分かってきた。そこには、企業を含めた「組織」の経営全般についてが書かれていた。

そして、それなら野球部に当てはまらないこともなかった。野球部も、広い意味での組織だった。だから、組織の経営について知ることは、野球部の経営を知ることにもつながった。

それが分かって、みなみはホッとした。

――この本も、全くのムダではなかったのだ。

ただ、そうしたことは抜きにしても、その本は面白かった。みなみは、そこに書かれていることを完全に理解できたわけではなかったが、何かとても重要な、だいじなことが書かれているというのはよく分かった。言葉の一つひとつが、とても重く、また貴重なものとして受け止められた。

それに魅了されたみなみは、夢中になって読み進めていった。ところが、三分の一ほどのところまで来た時だった。不意に、心にコツンと小石のぶつかるような感覚を覚えた。

それは、本の中に書かれていたある言葉に目が留まったからだった。そこにはこう書かれていた。

マネジャーの資質（一二九頁《ページ》）

それで、ドキッとしたのである。

この言葉は、「マネジャー」という章の中にあったものだった。マネジャーについてあれこれ書かれている中にあった、見出しの一つだった。

これを見て、みなみは思った。

――きっと、ここにはマネジャーになるために必要な資質が書かれているに違いない。

そして、こう心配した。

——もし、私にそれがなかったらどうしよう！

みなみは、それだけは絶対に避けたいと思った。それは、自分にマネジャー失格の烙印《らくいん》を押されるようなものだと思ったからだ。そして、野球部を甲子園に連れていくという自分の目標も、無理だと宣告されるようなものだと思った。

おそらく、他の誰かからそうしたことを言われても、ほとんど気にしなかったろう。事実、野球部のみんなには否定されたが、ちっとも気にしていなかった。

しかし、この本からだけは、そうしたことを言われたくなかった。それは、この本が世界で一番読まれているものだということもあったけれど、みなみ自身、この本に大きな魅力を感じていたからでもあった。

もっといえば、この本を好きになりかけていたのである。だから、その好きになりかけていた本から自分のマネジャーとしての適性を否定されるのは、絶対に避けたいと思ったのだ。

それで、みなみはドキドキしながらその先を読み進めた。すると、そこにはこうあった。

人を管理する能力、議長役や面接の能力を学ぶことはできる。管理体制、昇進制度、報奨制度を通じて人材開発に有効な方策を講ずることもできる。だがそれだけでは十分ではない。根本的な資質が必要である。真摯《しんし》さである。（一三〇頁）

その瞬間、みなみは電撃に打たれたようなショックを覚えた。そのため、思わず本から顔をあげると、しばらく呆然《ぼうぜん》とさせられた。

しかし、やがて気を取り直すと、再び本に目を戻し、その先を読み進めた。すると、そこにはこうあった。

最近は、愛想よくすること、人を助けること、人づきあいをよくすることが、マネジャーの資質として重視されている。そのようなことで十分なはずがない。

事実、うまくいっている組織には、必ず一人は、手をとって助けもせず、人づきあいもよくないボスがいる。この種のボスは、とっつきにくく気難しく、わがままなくせに、しばしば誰よりも多くの人を育てる。好かれている者よりも尊敬を集める。一流の仕事を要求し、自らにも要求する。基準を高く定め、それを守ることを期待する。何が正しいかだけを考え、誰が正しいかを考えない。真摯さよりも知的な能力を評価したりはしない。

このような資質を欠く者は、いかに愛想がよく、助けになり、人づきあいがよかろうと、またいかに有能であって聡明《そうめい》であろうと危険である。そのような者は、マネジャーとしても、紳士としても失格である。

マネジャーの仕事は、体系的な分析の対象となる。マネジャーにできなければならないことは、そのほとんどが教わらなくとも学ぶことができる。しかし、学ぶことのできない資質、後天的に獲得することのできない資質、始めから身につけていなければならない資質が、一つだけある。才能ではない。真摯さである。

(一三〇頁)


みなみは、その部分をくり返し読んだ。特に、最後のところをくり返し読んだ。

——才能ではない。真摯さである。

それから、ポツリと一言、こうつぶやいた。

「……真摯さって、なんだろう?」

ところが、その瞬間であった。突然、目から涙があふれ出してきた。

それで、みなみはびっくりさせられた。自分がなんで泣くのか、よく分からなかったからだ。しかし、涙は後から後からあふれてきた。それだけでなく、喉《のど》の奥からは嗚咽《おえつ》も込みあげてきた。

おかげで、みなみはもうそれ以上本を読み進めることができなくなってしまった。

そのため、本を閉じると机の上に突っ伏し、しばらく涙があふれるのに任せていた。

読み始めてからだいぶ時間が経《た》ち、もう日も暮れかけて薄暗くなった自分の部屋で、みなみは一人、しばらくさめざめと泣き続けていた。

3

終業式の日、学校を出たみなみは、家には帰らず、バスを乗り継いで市の中心部にある大きな総合病院へと向かった。そこに入院している友人を見舞うためだ。

友人の名前は宮田夕紀《ゆうき》といった。夕紀は、みなみにとって程高の同級生であり、また幼なじみでもあった。

病室を訪れると、夕紀の母の宮田靖代《やすよ》が出迎えた。

「あら、みなみちゃん。いらっしゃい」

「おばさん、こんにちは」

しかし、夕紀の姿は見えなかった。

みなみは、靖代とも幼い頃からの顔なじみだった。そのため、今では自分の親と変わらないくらい、ほとんど気兼ねなく話すことができた。

「今ね、ちょっとお散歩に行ってるのよ」

それで、みなみは「え？」と驚いた。

「お散歩なんて、していいの？」

「ちょっとだけならね。でも、もうそろそろ帰ってくる頃よ、あ、ほらちょうど――」

みなみが振り返ると、入り口のところにジャージ姿の夕紀が立っていた。

「あら、みなみ。いらっしゃい。いつ来たの？」

「ちょうど今。それより、大丈夫なの？　お散歩なんかして、暑くなかった？」

「うん、私は大丈夫。ほら、これ――」と夕紀は、自分の頭を指差してみせた。そこには、真新しい麦わら帽子が載っていた。

「あ、可愛《かわい》い」

「でしょ？　これをかぶりたくて、ちょっと外へ出てみたんだ」

それでみなみは、納得してうなずいた。

「そうなんだ。そうだよね。たまにはお洒落《しゃれ》して、外出でもしないとね」

「お洒落といっても、下はジャージだけどね」

そう言うと、夕紀はいたずらっぽく微笑《ほほえ》んでみせた。

そんな夕紀に、靖代が言った。

「あ、じゃあお母さん、ちょっと買い物に行ってくるから」。それから、みなみに向き直るとこう言った。「みなみちゃん、後はよろしくね」

「はぁい、行ってらっしゃい」

靖代が出ていくと、みなみは勝手知ったるというふうに自分で冷蔵庫を開け、コップに麦茶を注ぐと、ベッドの前のパイプ椅子《いす》に腰かけた。そんなみなみに、ベッドに戻った夕紀はこう切り出した。

「それで、どう？　野球部の方は」

「うん。まあ、まだ始めたばかりだけど、なかなか……ね」

「みんな、あんまり練習に来てないんじゃないの？」

「そうなのよ。もうずっと――いつも四、五人という感じで」

「この時期はいつもそうね。去年もそんな感じだったもん」

「そうなんだ」

この夕紀も、実は野球部のマネージャーだった。しかも彼女は、みなみとは違って、一年生の時から活動しているベテランだった。

ところが、夏の都予選に負けてすぐ、急に体調を崩して入院してしまったのだ。しかも、その病状は軽くなく、長期の入院が必要で、場合によっては手術するかもしれないとのことだった。

これには、夕紀はもちろん、みなみも大きなショックを受けた。みなみにとって夕紀は、幼なじみであると同時に、文字通りの親友でもあったからだ。

しかし一方で、そうした事態は、二人にとっては慣れっこなところもあった。というのも、夕紀は幼い頃から身体が弱く、小学生の頃には、それこそ毎年のように入退院をくり返していたからだ。

入院するのは、いつもこの市立病院と決まっていた。おかげでここは、二人にとってもおなじみの場所でもあった。

それでも、みなみがここを訪れるのは久し振りのことだった。夕紀は、中学に入ってからは比較的健康で、病気こそあったのだけれど、入院したことは一度もなかった。

だから、ここへきて再び入院したことは、二人にとってはやっぱりショックなできごとだった。それでも夕紀は、そうした落胆はおくびにも出さず、比較的淡々と、明るく入院生活を送っていた。

そんな夕紀に、みなみは鞄《かばん》から本を取り出すと、それを開きながら言った。

「実は、今日は聞きたいことがあって来たんだ」

「何、その本？」

「いいから聞いて。質問に答えたら教えてあげる」

「ん、分かった」

「じゃあ、質問です――野球部とは、一体なんでしょう？」

「え？」

「野球部とは何か？　野球部の事業とは何か？　何であるべきなのか？」

「ちょ、ちょっと待って。いきなり何言ってるの？」。夕紀は、怪訝《けげん》そうな顔をして言った。

「ちゃんと説明して。どういう意味か、全然分からないよ」

「いや、あのね――」とみなみは、本の表紙を見せながら言った。「実は、こういう本を買ったんだけど……」

「『マネジメント』？」

「そう。マネージャーをやるにあたって、何か参考になる本はないかなと思って買ったんだ」

「へぇ。どうなの、それで。参考になる?」

「ん……まだ分からないんだけどね。でね、これに書いてあったんだけど、マネジメント——マネジメントというのはマネジャーの仕事ね——をするためには、まず初めに、『組織の定義づけ』から始めなければならないんだって」

「組織の定義づけ?」

「そう。『マネジメント』には、こうあるわ」


あらゆる組織において、共通のものの見方、理解、方向づけ、努力を実現するには、「われわれの事業は何か。何であるべきか」を定義することが不可欠である。(二二頁)

「つまり野球部をマネジメントするためには、まず野球部はどういう組織で、何をするべきか——を決めなければならないのよ」

「ほほう。ふうむ……なるほど、それで『野球部とは何か?』って聞いたわけね」

「うん、そうなの。でね、これが決まらないと先へ進めないんだけど、それがさっぱり分からなくて……」

「野球部って、野球をするための組織じゃないの？」

夕紀は、何気ない調子でそう言った。しかしみなみは、残念そうな顔をしながらこう答えた。

「それが違うらしいのよ。『マネジメント』には、こうあるわ」

　自らの事業は何かを知ることほど、簡単でわかりきったことはないと思われるかもしれない。鉄鋼会社は鉄をつくり、鉄道会社は貨物と乗客を運び、保険会社は火災の危険を引き受け、銀行は金を貸す。しかし実際には、「われわれの事業は何か」との問いは、ほとんどの場合、答えることが難しい問題である。わかりきった答えが正しいことはほとんどない。（二三頁）

「つまり、『野球をすること』というのは、ここでいう『わかりきった答え』なのよね。だから、それはたぶん違うと思うの」

「あ、そうなんだ。ううん……難しいのね」

「そう。だから私も、ここで行き詰まっちゃったんだ。野球部って、一体なんなんだろう？——って。それで、夕紀に聞けば何か分かるかもしれないと思って、今日聞きに来たんだけど……」

それから二人は、色々と考えてみた。お互いに思うことを言い合って、意見を交換した。しかし、いくら考えてみても、納得のいく答えは見つからなかった。

そこでみなみは、気分を変えようと、今度は別の質問をしてみることにした。

「そういえば、夕紀はどうしてマネージャーになったの？」

4

みなみは、夕紀とは幼なじみだったが、彼女が野球好きというのは、高校に入るまで知らなかった。高校に入った時、いきなり「野球部に入りたいんだけど」と言われ、そこで初めて知ったのだ。

しかし、その時はマネージャーになろうと思った理由を尋ねなかった。そして、それ以降も二人の間でこの話題が出ることはなかった。だから、みなみはこの時まで、夕紀がどうしてマネージャーになろうと思ったのかを知らなかった。

ところが、その質問を受けた夕紀は、なぜか顔色を青くした。ひざにかけていたタオルケットの端をぎゅっと握ると、みなみから顔を背け、ベッドの横の壁を見つめた。

それでみなみも、夕紀の様子がおかしいことに気がついた。

「夕紀？」

しかし夕紀は、みなみの言葉など聞こえなかったかのように、しばらく何も答えなかった。

それから間があって、ようやくそろそろと振り向くと、こう言った。

「……実は、みなみに聞いてもらいたいことがあるの」

「え？」

夕紀は、みなみの顔を真《ま》っ直《す》ぐに見つめると、一言一言、嚙《か》みしめるように言った。

「これは、本当はもっと早く話したかったんだけど、でも、勇気がなくて、これまでずっと言えなかったんだ。だけど、今決心した。私、そのことをみなみに言う。だから、みなみもそれを聞いてくれる？」

「え？　う、うん、もちろん。だけど、いやだったらムリに話さなくても……」

「ううん」と夕紀は、即座に首を振って言った。「本当に、私は聞いてもらいたいの。だけど、これを言うと、みなみに嫌われるんじゃないかと思って——みなみを傷つけるんじゃないかと思って、だから、今までずっと言えなかったの」

「え？　何？　やだなぁ、おどかさないでよ」

みなみは、なるべく明るく、茶化すような口調でそう言った。しかし、夕紀が深刻そうな表情を変えることはなかった。そのため、場の空気はかえって重くなった。

夕紀は、再びみなみから顔を背け、しばらく目の前の虚空《こくう》をじっと見つめていた。

しかし、やがて何かを決心したようにみなみの方を振り向くと、ゆっくりと話し始めた。

「みなみは、覚えてる？　小学校の時の、市の大会の決勝で、その……みなみがサヨナラヒットを打ったのを」

「あ……」とみなみは、そこで初めて分かった。その時ようやく、夕紀が何を言おうとしているのかを悟った。

それと同時に、苦い思いも込みあげてきた。それは複雑な感情だった。一つには、夕紀が語ろうとしたことへの苦い思い出。もう一つは、夕紀に気を遣わせたことへの申し訳なさだった。

――私はなんと鈍感なのだろう。

みなみは、自分にうんざりさせられた。夕紀の気持ちに、これまでちっとも気がつかなかった。

それでもみなみは、今度も明るく、さらりと返事をしようとした。ところが、そうした思いとは裏腹に、口調はなぜかぎこちないものとなってしまった。

「あ……う、うん。覚えてる……よ」

それに対し、夕紀はなおも続けた。

「私ね、その試合を、次郎ちゃんと一緒に、ベンチの横のところで見ていたんだ。そうしたら、みなみ、あの打席で、最初の球を、空振りしたでしょ？　それも、バットとボールがこんな離れてて、タイミングも全く合ってなくて」

「……うん」

「私ね、それを見て、すごく心配になったの。だって、全然打てそうになかったんだもん。野球をしたことのない私にも、それは分かった。みなみ、全然タイミング合ってないって。それにね、隣にいた次郎ちゃんが、こんなふうに言ったの。『ああ、あんなに大振りしてちゃ、打てないよ。もっと、狙《ねら》い球を絞っていかなきゃ』って。それで、私、ますます心配になって――」

「あいつ、そんなことを言ったんだ」と、みなみは苦笑いのような表情を浮かべた。

「あれは演技だったんだ。相手を油断させるために、わざと空振りしたんだよ」

「知ってる」と夕紀は真顔でうなずいた。「後で、みなみからそれを聞いたもん」

「そうだっけ？」

「うん。だけどね、それを聞くまで、私は、それが演技だなんてこと、もちろんちっとも分からなかった。だから、本当にすごい心配して、ハラハラドキドキしながらその打席を見守ってたんだ。そうしたら、みなみは、その、二球目を、二球目を……ああ、みなみ。私、その時のことを思い出すと、自然と涙が出てきちゃうの」

それで、みなみはびっくりして夕紀の顔を見た。すると、その目には本当に涙が浮かびあがっていた。

「私ね、本当に感動したの！」。夕紀は、涙声になりながら、絞り出すように言った。「あの打球が右中間を抜けていく時、私は、生まれてからそれまで、一度も味わったことのないような感動と興奮を覚えたの。本当に嬉《うれ》しかった！　あの時のことは、きっと一生忘れないわ。本当に、それくらい嬉しかったの！」

みなみは、何も言えなかった。彼女はただ、涙を流す夕紀をじっと見つめるだけだった。

「それがね、私が野球部のマネージャーになりたいと思ったきっかけなの。そのことが、私、ずっと忘れられなくて、その時の感動を、また味わいたいと思って。だから野球部に入ったの。だからマネージャーになったの。マネージャーになったら、もしかしたらまた、あの時と同じような感動を味わえるかもしれないと思って。それで……それで私……野球部に……ごめんね、みなみ！」

夕紀は、突然叫ぶように言った。

「私、もし私がその時のことを言い出したら、みなみを傷つけてしまうんじゃないかと思ったの！　それで、それでずっと言えなかったの！」

「バカだなぁ」とみなみは、また苦笑いのような表情を浮かべて言った。「そんなことで、私が傷つくわけないじゃん」

「私はね、聞いてほしかったの！」。夕紀は、なおもすがるような眼差《まなざ》しを向けながら言った。「私、みなみにそのことを知ってほしかったの！　私が、みなみを見て本当に感動したっていうことを、ずっとずっと伝えたかったの！　ずっとずっとみなみに言いたかったの！　みなみにそのことを知ってほしかったの！　でも、言えなかったの。言う勇気が持てなかったの。ごめんね、ごめんね……」

そう言うと、夕紀は慟哭《どうこく》して、それ以上何も言えなくなってしまった。そのため、みなみは、慌《あわ》てて夕紀の背中をさすってやった。そうして、彼女が落ち着きを取り戻すまで、その背中をさすり続けていた。

第二章　みなみは野球部のマネジメントに取り組んだ

5

結局、野球部の定義は分からず終《じま》いだった。そこでみなみは、もう一度『マネジメント』を初めからじっくりと読み返してみた。本の中に書かれていることの意味を、もう一度しっかり読み取ろうとした。

すると、そこにはこうあった。

企業の目的と使命を定義するとき、出発点は一つしかない。顧客である。顧客によって事業は定義される。事業は、社名や定款《ていかん》や設立趣意書によってではなく、顧客が財やサービスを購入することにより満足させようとする欲求によって定義される。顧客を満足させることこそ、企業の使命であり目的である。したがって、「われわれの事業は何か」との問いは、企業を外部すなわち顧客と市場の観点から見て、初めて答えることができる。（二三頁《ページ》）

みなみは、いつもここのところでつまずいてしまった。ここのところで分からなくなった。つまずく原因は、「顧客」という言葉にあった。この「顧客」というのが何を指すのか、よく分からなかったのだ。

もちろん、言葉の意味は分かった。それは簡単にいうと「お客さん」という意味だ。しかし、それが野球部にどう当てはまるのかが分からなかった。野球部にとって「お客さん」というのが、誰を指すのか分からなかった。

『マネジメント』には、続けてこうあった。

したがって「顧客は誰か」との問いこそ、個々の企業の使命を定義するうえで、もっとも重要な問いである。（二三～二四頁）

――本当に、「顧客」とは一体「誰」なんだろう？

みなみは考えた。

野球部は、そもそも営利団体ではない。取引相手や、お客さんがいるわけではない。もちろん、試合をすればお客さんは見に来るが、自分たちが彼らからお金をもらっているわけではない。お金をもらわないことが、高校球児の大前提だったりするくらいだ。

それでは、野球部にとっての顧客とは一体誰なのか？　それでも、球場に見に来るお客さんがそうなのか？

しかしそれは、やっぱり違うような気がした。野球部の定義が「野球をすること」ではないように、野球部の顧客が「試合を見に来るお客さん」というのも、やっぱり正しくないような気がしたのだ。

『マネジメント』には、「顧客は誰か」を問うことについて、こうあった。

やさしい問いではない。まして答えのわかりきった問いではない。しかるに、この問いに対する答えによって、企業が自らをどう定義するかがほぼ決まってくる。（二四頁）

ドラッカーの言うように、それが「やさしい問いではない」ことだけはよく分かった。しかし、肝心の答えが出ないままでは、そこから先へ進めなかった。そのため、みなみのマネジメントは、ここへ来て早くも大きな壁に突き当たってしまった。

夏休みに入ってすぐ、野球部の合宿が行われた。合宿といっても、遠出をするわけではない。学校に泊まって、練習はグラウンドでするのだ。それは四泊五日の日程で行われた。

この合宿には、入院中の夕紀を除いて、全《すべ》ての部員が参加した。おかげでみなみも、そこでようやく全ての部員と顔を合わすことができた。

合宿初日、みなみは、部員たちに向かってあらためて自己紹介をした。しかしこの時は、「野球部を甲子園に連れていく」という自分の目標にはあえて触れなかった。

それは、話してもどうせ否定されるだけだろうというのもあったけれど、それ以前に、もう少し野球部のことを知りたいと思ったのだ。だから、この合宿期間は野球部の観察に充《あ》てようと考えていた。まずは、野球部のことを見て、知って、分かりたいと思った。目標を言うのは、それからでも遅くないと思ったのだ。

そうしてみなみは、合宿初日から野球部を観察し始めた。するとそこで、すぐに気づいたことがあった。それは、ある一人の部員についてだった。その部員の醸《かも》し出す雰囲気が、部全体に大きな影響を与えていたのである。

その部員は、浅野慶一郎という二年生だった。ポジションはピッチャーで、それも一年生の時から背番号1をつけている、押しも押されもしないエースであった。

この慶一郎が、ちっとも真面目《まじめ》に練習をしないのである。グラウンドには出てくるものの、親しい仲間といつもおしゃべりをしている。そうかと思うと、ベンチに寝転んで、何やら音楽を聴いている。あるいは、ふらりとどこかへいなくなったりする。時々キャッチボールをすることもあるけれど、それはいつでもおざなりで、緊張感といったものがまるでない。

ところが、そんな慶一郎に対して、誰も何も言わないのである。部員が何も言わないのはもちろん、監督の加地までもが黙っているのだ。

それだけではない。加地と慶一郎との間には、見えない壁のようなものがあった。一度、加地が慶一郎に話しかけたことがあった。それは、何かを注意したり、怒ったりしようとしたのではない。もっとたわいもない、連絡事項のようなことを伝えようとしただけだ。

ところが、それを慶一郎が無視したのである。聞こえなかった振りをして、そのまま
ぷいと向こうへ行ってしまった。

しかし、それはちゃんと聞こえていたはずだった。端で見ていたみなみにも、それは分かった。慶一郎は、あからさまに加地のことを無視したのだ。

それでも加地は、そんな慶一郎に注意を促したりすることはなかった。合宿期間中、二人が接触したのはこの時だけで、後はお互いがお互いを避けるように、距離を縮めることはなかった。

それでみなみは、一年生女子マネージャーの北条文乃をつかまえて聞いてみた。

「ね、浅野くんのことなんだけど」

「え？　あ、はい」と文乃は、びっくりしたような顔でみなみを見た。

文乃は、みなみが話しかけると、いつもびっくりしたような顔をした。みなみとはもう何度となく顔を合わせているのに、彼女はいまだに慣れるということがなかった。

「浅野くんて、なんで真面目に練習をしないわけ？」

「え？」

「ていうか、なんで監督がそれを許してるの？　ううん。私には、監督が浅野くんを避けてるように見えるんだけど」

「え、あ、はい」

「あの二人、どういう関係なの？　浅野くんは、なんでいつもあんな態度を取ってるのかな？」

「え、あ、はい」

え、あ、はい──というのが、文乃の口ぐせだった。何かを聞くと、いつもこれが返ってきた。そこでみなみは、「え、あ、はい」以外の答えを引き出そうと、しばらく文乃を黙って見つめた。しかし文乃は、それっきり口をつぐんだまま、何も言わなくなってしまった。

それでみなみは、とうとう堪《こら》えきれなくなってこう言った。

「……あの、質問したんだけど」

「え？」

「私、今、あなたに質問したんだけど」

「え？　あ、はい、す、すみません！」

と、文乃は再びびっくりしたような顔をして、頭を下げて謝った。

ところが、その時だった。不意に「あ！」と声をあげた文乃が、みなみの後ろに目をやった。それで、みなみもつられて後ろを振り向いたのだが、その瞬間、文乃がいきなり向こうへ向かって駆け出した。

文乃は、そのままみなみのもとから逃げていった。それはあっという間のできごとだった。声をかけるいとまもないくらいで、みなみはただ呆然《ぼうぜん》と、文乃の背中を見送るのみだった。

そのためみなみは、仕方なくキャプテンの星出純に尋ねてみた。すると、彼も言いにくそうにしていたが、しぶしぶという感じで教えてくれた。

それによると、ことの発端は夏の大会にあったそうだ。

夏の大会で、ピッチャーの慶一郎は、監督の加地に降板させられたのだそうである。その交代のさせられ方に、納得がいかなかったらしい。

というのも、慶一郎は確かに点を取られはしたけれども、きっかけは野手のエラーだった。だから、慶一郎としては、交代させられるいわれはないと考えていたのである。

ところが、そこであっさりと交代させられてしまった。それ以来、ずっとくさっているのだという。今の態度は、そこからきているのだろうということだった。

6

合宿は、一事が万事、こんな調子だった。みなみは、部員たちとコミュニケーションをはかることがなかなかうまくできなかった。おかげで、部員たちを観察するという計画も、思うようにはかどらなかった。本当は、エースの慶一郎や監督の加地とも話してみたかったのだけれど、なかなかチャンスをつかめなかった。

慶一郎は、いつも少数の決まった仲間と一緒にいるか、一人の時は誰も寄せつけない雰囲気を醸し出していた。

一方加地も、さすがに寄せつけないというほどではなかったが、部員とあまり話をしたがらない雰囲気があった。

加地は、慶一郎だけではなく、他の部員たちとも距離を置いていた。監督のくせに、どこか他人行儀なところがあった。そのため、みなみもなかなか話すチャンスをつかめなかった。

合宿も最終日になる頃、みなみは、やることなすこと空回りするようで、暗澹《あんたん》とした気持ちにさせられていた。滅多なことでは落ち込まないのだが、それが四日も続くと、さすがに暗い気分になっていた。

それでも、へこたれるわけにはいかなかった。そんな時、みなみはもう一度『マネジメント』を読んでみるのだった。読んで、その中からあらためて、状況を改善するためのヒントを見つけ出そうとした。

『マネジメント』を読み始めて以来、みなみには一つの信念が芽生えていた。

――迷ったら、この本に帰る。答えは、必ずこの中にある。

そう思うのに、はっきりとした理由があるわけではなかった。それは単なる直感にすぎなかった。

しかしみなみは、その直感をだいじにした。考えることが得意ではない彼女にとって、直感は、これまでずっと自分を助けてきてくれた大切なナビゲーターだった。その声に、ここでも従おうとしたのである。

合宿最後の夜も、夕食が終わった後、誰もいなくなった食堂で、みなみは一人、『マネジメント』を読んでいた。

不思議なことに、『マネジメント』を読んでいると、みなみは落ち着くのだった。また、失った自信も取り戻せたような気になった。それを読むと元気が出た。この頃のみなみは、そんなふうに、自分を鼓舞する意味でもその本を活用していた。

そうして、いつしか夢中になって読みふけっていた時だった。

「何読んでるの？」

と、突然後ろから声をかけられた。

それで、飛びあがるほど驚いたみなみは、にらむようにして後ろを振り向いた。

初めは、キャッチャーの次郎におどかされたと思ったのだ。しかし、そこに立っていたのは次郎ではなかった。二階正義《まさよし》という、二年生の補欠の選手だった。

みなみは、正義のことはもちろん知っていた。彼は、合宿で初めて会ったのではなく、夏休み前の練習にも参加していた、数少ない真面目な部員の一人だったからだ。

また、正義には大きな特徴もあった。それは、部員の中でも一番野球が「下手」だということだった。

正義の下手さ加減は誰の目にも明らかだった。キャッチボールさえまともにできないのだ。投げたボールが相手の胸元へ収まることはほとんどなかった。

その実力は、もしかするとマネージャーの文乃以下かもしれなかった。文乃も、球拾いをした時などにボールを投げることがあったが、正義よりよっぽどしっかりしたコントロールをしていた。

その一方で、正義はまた真面目さでも群を抜く存在だった。練習にはいつも一番乗りで、グラウンドを後にするのもいつも一番最後だった。

しかも正義は、後片づけなど他の部員がいやがることも率先してやった。彼がいつもグラウンドを最後に後にするのは、誰よりも遅くまでグラウンド整備をしているからだった。

この頃までに、みなみはそれなりに正義と親しく話すようにはなっていた。雑談くらいは交わすようになっていたが、それでも、自分の目標を話したことは一度もなかった。それは、万年補欠の正義に、甲子園の話をしても仕方ないと思っていたところがあったからだ。

その正義が、食堂に入ってきた。彼は何やら手に持っていて、見るとそれはゴミ袋だった。明日合宿を終えるのに備えて、今日のうちから掃除をしていたのだという。

彼は、そういうふうにどこまでも真面目なところがあった。

そんな正義に、みなみは『マネジメント』の表紙を見せながら言った。

「ああ、これ？　こういう本」

「あれ、ドラッカーじゃないか」

「え？」とみなみは驚いた。「知ってるの？」

「知ってるも何も、おれ、ドラッカーならほとんど読んだぜ」。そう言って、正義はちょっとはにかんでみせた。「おれ、大ファンなんだ」

みなみは、意外そうな顔をして正義を見た。

「へえ。ドラッカーなんて、よく知ってたね」

すると正義は、ちょっとむきになったような顔をして言った。

「それはこっちのセリフだよ。そっちこそなんで『マネジメント』なんて読んでんだよ。あれ、川島もアントレプレナー志望なの？」

「アントレプレナーって何？」

「え？　アントレプレナー、知らないの？　アントレプレナーってのは、その……『キギョウカ』って意味だよ」

「キギョウカ？」

「キギョウカっていうのは、『起こす業の家』と書く起業家。『事業を興《おこ》す人』という意味だよ。簡単に言うと社長。川島も、会社始めたりする気なのか、って聞いたの」

「全然――」。みなみは、きょとんとした顔で答えた。「川島『も』ってことは、二階くんは社長志望なの？」

「そうだよ――」と正義は、今度は胸を張るようにして答えた。「おれは、将来起業したいと思ってるんだ。野球部に入ったのも、そのためさ」

「どういう意味？」

「ええっ？」とみなみはすっとんきょうな声をあげた。

するとと正義は、起業家になるために野球部に入った経緯を説明し始めた。

彼はもう、小学生の頃から将来は起業して実業家になりたいという夢を抱いていた。そのため、色々勉強したり準備をしたりしていたのだけれど、その一環として、高校から野球部に入ったということだった。

理由は、日本においては「体育会系」というキャリアが、ものすごく有利になることに気づいたからだそうだ。

日本の実業家には、なにしろ「体育会系」出身者が多かった。彼らの中には、学生時代の運動部での人間関係を、人脈作りの基盤としている者が多かった。

また、運動部出身の人間は、多くの場面で重宝されたり、肩書きとして重んじられたりした。その最も顕著な例が、企業の採用だった。企業が人材を採用する際、運動部に所属していたという経歴は大きなアドバンテージになった。

「だから、野球部に入ろうと思ったんだ」

正義は、中学校までスポーツとは無縁の生活を送っていた。しかし、心身を鍛えるという意味でも、またそこで人脈を築いたり、人間関係のスキルを育《はぐく》んだり、という意味でも、運動部に所属することは将来のためになると考えたのだ。そこで、どの部に入ろうか検討した結果、どうせなら日本で最もメジャーなスポーツがいいと思い、野球部に入ったのだそうだ。

　それを聞かされたみなみは、驚くと同時に感心もした。そんな理由で野球部に入る人間など、これまで聞いたことがなかった。それに、下手でも誰よりも真面目に取り組むその姿勢に、大きな感銘を受けた。

　そのことを率直に伝えると、正義は、またちょっとはにかみながらこう答えた。

「大したことねえよ。それより、そっちこそなんで『マネジメント』読んでんだよ。起業家にならないのなら、そんな本読む必要ないだろ?」

「必要は大ありよ」とみなみは、心外だというふうに答えた。「私は、これを読んでマネジメントするつもりなんだから」

「へ?」と、今度は正義がすっとんきょうな顔になった。「マネジメントって、何をマネジメントするの?」

「野球部よ」とみなみは、ムッとして言った。「私をなんだと思ってるの? 私は『マネージャー』よ。マネージャーのすることといえば、マネジメントしかないじゃない。私は、野球部をマネジメントするの」

　それを聞いた正義は、しばらくポカンとしていた。そうして、みなみの顔と、みなみが読んでいた『マネジメント』を、交互に見比べた。

「野球部の女子マネージャーが、野球部のマネージャーに。『マネジメント』を読んで、野球部をマネジメント……」

それから、いきなり「まじかよ！」と叫ぶと、腹を抱えて笑い始めたのである。

7

正義は、たっぷり一分近く笑っていた。

それに対し、みなみは仏頂面《ぶっちょうづら》になって正義をにらんでいたが、やがて笑い終わった頃合いを見計らうと、こう言った。

「何がおかしいのよ？」

「いや……」と正義は、なおもくっくと思い出し笑いをしながら言った。「女子マネージャーがマネジャーとは、最高のダジャレだと思ってさ」

「私は冗談で言ってるんじゃないのよ」。みなみは、うなるような低い声音で言った。「真剣なんだから」

「あ、いや――」と正義は、今度は慌《あわ》てて言い訳するように言った。「もちろん、それは分かってるよ。おれは別に、バカにして笑ったわけじゃないぜ。真剣だというのが分かったからこそ、笑ったんだ」

「なんで真剣だと笑うのよ？」

「だって、それこそ最高のシャレじゃないか！」。正義は、目を輝かせながら言った。

「女子マネージャーがマネジメントなんて、思いもしなかったよ。しかし、言われてみると確かに面白い。むしろ、なんで今まで思いつかなかったのか不思議なくらいだ。マネジメントは、必ずしも企業だけのものではないからね。それに、大人だけのものでもない。何より、高校野球のような非営利組織に適用させようというのが素晴らしいじゃないか！」

みなみには、正義が何を言っているのかはよく分からなかった。ただ、少なくとも彼がバカにしているわけではないというのは分かった。それで、一応は仏頂面を解いたのだけれど、その時ふと、あることを思いついて尋ねてみた。

「ね、一つ聞いてもいい？」

「ん？」

「あなたも、『マネジメント』を読んだことがあるんでしょ？」

「もちろん」と正義は、胸を張って言った。「それは一番初めに読んだよ。しかも、くり返し読んできた。おれは、川島が持ってるその『エッセンシャル版』だけじゃなくて、最近発売された『完全版』も持ってるんだぜ」

「じゃあ、聞きたいことがあるんだけど」

「ん？」

「野球部の『顧客』って誰なのかな？」

「え？」

「私、それが分からなくて、ずっと困ってたんだ。この本にはさ、『企業の目的と使命を定義するとき、出発点は一つしかない。顧客である。顧客によって事業は定義される』って書いてあるんだけど、これは顧客が誰で、どんな人であるかによって、野球部が何であって、何をすべきかが決まってくるってことだよね？　そこまでは分かったんだけど、肝心の『顧客』っていうのが誰なのかが、さっぱり分からなかったんだよね」

「ふむ」と、その質問を受けて、正義も真剣な表情になった。

「ちょっと見せて」と、みなみの持っていた『マネジメント』を受け取ると、パラパラとページをめくって、それからこう言った。

「ああ、ここ、ここ。『マネジメント』には、こう書いてある」

一九三〇年代の大恐慌《だいきょうこう》のころ、修理工からスタートしてキャデラック事業部の経営を任されるにいたったドイツ生まれのニコラス・ドレイシュタットは、「われわれの競争相手はダイヤモンドやミンクのコートだ。顧客が購入するのは、輸送手段ではなくステータスだ」と言った。この答えが破産寸前のキャデラックを救った。わずか二、三年のうちに、あの大恐慌時にもかかわらず、キャデラックは成長事業へと変身した。（二五頁）

「これを参考にすれば、『顧客は誰か』っていうのも分かるんじゃないかな」

「どういうこと？」

「つまり、ドラッカーがここで言ってるのは、自動車というものの定義も、単に『輸送手段』だけではないということだろ。例えばキャデラックだったら、そこに『ステータス』が加わる」

「うん」

「それが分かったのは、ニコラス・ドレイシュタットが『顧客は誰か』ということを考えたからなんだ。そして彼は、『ダイヤモンドやミンクのコートを買うお客さん』

という答えを導き出した。だから『ステータス』という定義づけをすることができたんだ。

これと同じように、野球部の場合も、まず『顧客は誰か』というのを見極めることから始める。そうすれば、野球部が何で、何をすればいいかというのも分かってくるんじゃないかな」

「うん。だから――」とみなみは、ちょっと苛立《いらだ》たしげな顔になって言った。「その『顧客は誰か』というのが分からなくて困ってるんじゃない。球場に来るファンが顧客というわけではないでしょ？　分かりやすい答えが、そのまま正しいということはほとんどない、って書いてあるんだから」

しかし正義は、涼しい顔をしてこう言った。

「何も堅苦しく考える必要はないよ。確かに、野球部は球場に見に来るお客さんからお金をもらっているわけじゃないけど、それでも、タダでやってるわけじゃないだろ？　ちゃんと、野球をやるためにお金を出してくれたり、お金は出さないまでも、協力してくれている人たちがいるじゃないか」

そう言われて、みなみは全く不意に、そういう人たちがいるということに初めて思い至った。

「あ！」

「だから、そういう人たちを野球部の顧客と考えればいいんだ。彼らなしには、野球部は成り立たないからね」

「あ……あ……」と、みなみは興奮したように正義を見た。「そうなると、例えば『親』が顧客ということになるの？　親が学費を払ってくれてるから、私たちは学校に行けるし、部活動もできてるわけで」

「そうだな」と正義は答えた。「それから、野球部の活動に携わってる『先生』たちや『学校』そのものも、顧客ということになるだろうな」

「だったら、その学校にお金を出してる『東京都』も顧客ということになるよね？」

「うん。その東京都に税金を払っている、『東京都民』も顧客だ」

「なるほど！」と、みなみは興奮して大きくうなずいた。「あ、じゃあ『高校野球連盟』も顧客かな？　彼らが、甲子園大会を運営してくれてるわけだから」

「そう。それに全国の『高校野球ファン』も、やっぱり顧客ということになる。ぼくらは、彼らから直接お金をもらってるわけじゃないけど、彼らが興味を持って球場に足を運んでくれたり、新聞の記事を読んだり、テレビを見てくれたりするおかげで、スポンサーがお金を出して、そのお金で甲子園大会が運営されているわけだからね」

「ふむふむ、そうなんだ……そう考えると、高校野球に携わるほとんど全ての人を、顧客ということができるよね」

この時、みなみの頭の中にはもやもやするものが芽生え始めていた。

それは予感だった。「野球部とは何か」ということの定義を導き出せそうだという感触だった。

それは、いつもの直感だった。いつもの直感で、みなみは、自分がその答えにあと一歩のところまで来ていることを感じたのだ。

しかしその答えは、なかなかはっきり姿を現そうとしなかった。なかなか具体的にならなかった。

おかげで、みなみはイライラさせられた。それは、喉元《のどもと》まで出かかった人の名前がなかなか思い出せないような感覚だった。

――ああ、もうここまで出てるのに！

と、そう思った時だった。正義がこんなことを言った。

「それから、忘れちゃいけないのは、ぼくたち『野球部員』も顧客だということだな」

「え？」とみなみは、驚いた顔で正義のことを見た。「どういうこと？」

「だってそうだろ」。正義は、当たり前のことを言うような顔で言った。「ぼくたち部員がいなければ、野球部なんて成り立たないわけだから。それに高校球児が一人もいなくなれば、甲子園大会だって成り立たない。だから、ぼくたち部員というのは、野球部の従業員であると同時に、一番の顧客でもあるわけだ」

その瞬間だった。みなみは、頭の中のもやもやが一気に晴れたような感覚を味わった。それと同時に、喉元まで出かかっていたその答えが、はっきりと姿を現した。分かりかけていた野球部の定義というものを、具体的に認識することができたのである。

「感動！」

とみなみは叫んだ。それで正義は、びっくりした顔でみなみを見た。

「え？　な、何……？」

みなみは、そんな正義に勢い込んで言った。

「そうよ！　『感動』よ！　顧客が野球部に求めていたものは『感動』だったのよ！　それは、親も、先生も、学校も、都も、高野連も、全国のファンも、そして私たち部員も、みんなそう！　みんな、野球部に『感動』を求めてるの！」

「ふむ……なるほど――」と正義は、しばらく考えてからこう言った。「その解釈は面白いね。確かにそういう側面はある。『高校野球』と『感動』は、切っても切り離せないものだからね。高校野球の歴史そのものが、感動の歴史と言っても過言ではない。高校野球という文化は、これまで多くの感動を生み出してきた。だからこそ、ここまで広く、また深く根づいたというのがあるだろうからね」

「そうよね！ 合ってるよね！」とみなみも、興奮して激しくうなずきながら言った。「私、知ってるの。一人、野球部に感動を求めている顧客がいることを！ そうなんだ、彼女が顧客だったんだ。そして、彼女が求めているものこそが、つまり野球部の定義だったんだ。だから、野球部のするべきことは、『顧客に感動を与えること』なんだ。『顧客に感動を与えるための組織』というのが、野球部の定義だったんだ！」

8

こうして、野球部の定義が定まった。次いで、目標もすぐに定まった。それは、「甲子園に行く」ということだった。

これは、もともとはみなみ個人の目標だった。しかし、野球部の定義づけがなされた今、あらためて部の目標として設定されたのだ。

というのも、「甲子園に行く」というのは、「感動を与えるための組織」という野球部の定義に最も適《かな》う目標でもあったからだ。もし本当に甲子園に行くことができれば、多くの人に感動を与えるだろうことは想像に難くなかった。
　この目標があらためて設定されたことに、みなみは喜ぶと同時に自信を深めた。もともと考えもなしに決めた目標ではあったが、それに「野球部の定義」という裏づけがされたことで、自分の直感が正しかったのを証明されたような気持ちになったのだ。
　定義と目標が決まったことを受け、みなみが次に取り組んだのは、マーケティングだった。『マネジメント』にはこうあった。

　企業の目的は、顧客の創造である。したがって、企業は二つの、そして二つだけの基本的な機能を持つ。それがマーケティングとイノベーションである。マーケティングとイノベーションだけが成果をもたらす。（一六頁）

　さらに、『マネジメント』にはこうあった。

　これまでマーケティングは、販売に関係する全職能の遂行を意味するにすぎなかった。それではまだ販売である。われわれの製品からスタートしている。われわれわれの市場を探している。これに対し真のマーケティングは顧客からスタートする。すなわち現実、欲求、価値からスタートする。「われわれは何を売りたいか」ではなく、「顧客は何を買いたいか」を問う。「われわれの製品やサービスにできることはこれである」ではなく、「顧客が価値ありとし、必要とし、求めている満足がこれである」と言う。（一七頁）

この一節を読んで、みなみは気づかされたことがあった。それは、「自分はすでにマーケティングをしてきた」ということだった。

例えば、夕紀の話を聞いたことがそうだった。彼女に「どうしてマネージャーになったの？」と問い、「感動をしたいから」という答えを得たことが、すなわちマーケティングだった。

みなみはそこで、夕紀という顧客の「現実、欲求、価値からスタート」していた。だから、「顧客に感動を与えるための組織」という定義を導き出すことができたのだ。

あるいは、夏の合宿で野球部を観察したのも、やっぱりマーケティングだった。

そこでは、「野球部を甲子園に連れていく」という自分の欲求を言うのではなく、まず観察から始めようと思った。それは、「われわれの製品からスタート」するのではなく、「顧客からスタート」しようとしたことに他ならなかった。部員という顧客が「価値ありとし、必要とし、求めている満足がこれである」というのを調査することから、マネジメントを始めようとしたのだ。この時は、まだ部員たちが顧客だと分かっていなかったから意識していなかったが、みなみはすでに、ちゃんとマーケティングをしていたのである。

ただ、それはいまだにはっきりとした成果には結びついていなかった。夏の合宿では、みなみは思うように野球部をマーケティングできなかった。

例えば、一年生女子マネージャーの北条文乃は、いまだにみなみに心を開いていなかった。だから、彼女から聞き出せたことは何一つなかった。

あるいは、キャプテンの星出純に対しては、それなりに話せるようにはなったが、しかし一方では、目に見えない壁のようなものも感じていた。純は、質問すれば一応は答えてくれるものの、それをあまり快く思っていないようなのだ。しかしその理由も、みなみはいまだに分からないままだった。

監督の加地誠やエースの浅野慶一郎との距離感はそれ以上で、ほとんど口さえ利《き》けていなかった。

そんな中で、唯一《ゆいいつ》うまくいったのは二階正義へのマーケティングだった。みなみは、ひょんなことから、彼の「将来は起業家を目指す」という欲求や、「心身を鍛えたり、人脈を作ったりするために野球部に入った」という価値を知ることができた。

これこそがマーケティングに他ならなかった。これこそが成果だった。それは小さな一歩ではあったが、しかし確かな前進であることには間違いなかった。

だからみなみは、こういう小さな一歩を積み重ねていくことによって、今後もマーケティングを進めていきたいと考えた。そこで、合宿が終わるとすぐ、夕紀の入院している病院を訪れた。夕紀に、合宿でのできごとを報告するのと同時に、今後のマーケティングのやり方について相談しようと思ったのである。

どうしたら、もっとみんなの現実や欲求や価値を知ることができるか。どうやったら、それを聞き出せるか。あるいはどうすれば、彼らの頑《かたく》なな心を開くことができるか――そうしたことをアドバイスしてもらおうと思ったのだ。

ところが夕紀は、みなみがそれを話すと、いぶかしげな顔になってこう言った。

「みんな、そんな頑なじゃないと思うんだけどなぁ」

「だって――」とみなみは反論した。「文乃なんて、いまだに何聞いても『え、あ、はい』しか答えないんだよ。それ以上問い詰めると、今度は走って逃げちゃうし」

それを聞いて、夕紀はウフフと笑った。

「きっと、彼女は緊張してるのよ。かなり人見知りするところがあるからね。だけど、一旦《いったん》仲よくなると、すっごく明るいし、おしゃべりな子なのよ」

「夕紀、文乃と仲よしなの？」とみなみは、ちょっとびっくりして尋ねた。

「仲よしってほどじゃないけど、それなりに話はするわよ」

「そうなんだ……ね、文乃って、一体どんな子なの？」

「そうねえ。彼女は、まずはなんといっても大秀才ね」

「そうなの？」

「そうよ。彼女はね、入試の時からずうっと、テストの成績が学年で一番なのよ」

「そうなんだ！　へえ、すごいね」

「うん。だから、東大合格間違いなしだっていわれてるわ」

「そっか……全然知らなかったよ」

「それもね、ただのガリ勉ていうだけじゃなくて、実際すっごく頭がいいのよ。部員の名前とか、一度聞いたら全部覚えちゃうし、教えたこととか、誰かが言ったことなんかも、なんでもかんでも覚えてるの。私、いつも感心してたんだ。私なんかとは、頭の構造が全然違うんだろうなあって」

「ふうん。でもなんで、そんな子が野球部のマネージャーをやってるんだろ？」

「さあ、そこまでは、私も聞いたことがないな。そこまでは、やっぱり聞きづらいところもあってね。そういう意味では、確かに壁があることはあるわね」

「でしょ？　やっぱ夕紀でもそうなのか……じゃあ、他には何かある？」

「そうねえ。文乃は、頭がいい半面、とっても頑固なところがあるわね」

「あ、それは分かる気がする」

「前にね、一度すごい怒られたことがあるの」

「怒られた？　夕紀が？」

「うん、怒られたというか、怒らせちゃったというか……。それはね、彼女が入ってすぐの頃だったんだけど、あんまり頭がいいもんだから、感心して言ったことがあったの。『やっぱり、優等生は頭のできが違うねえ』って。私、別にいやみで言ったわけじゃないのよ。その時は、心から感心して、誉め言葉としてそう言ったの」

「うんうん、分かるよ」

「ところがね、その時、急に大声を出して、『私、優等生なんかじゃありません！』って」

「文乃が？」

「そう！　だから、私もびっくりしちゃって。それこそ、グラウンド中に聞こえるような声だったから、みんなも一斉に振り向いて」

「へえ」

「それで、彼女もそれに気づいたんだろうね。今度は恥ずかしくなったのか、急に顔を真っ赤にして、そのまま向こうへ逃げていっちゃった」

「あ、それは私もやられた」

「だから、彼女の中では『優等生』って言葉がすごくいやだったのかなって、後になって反省させられたんだけど……」

「ふうん。そんなことがあったんだ」

続いて、今度は監督の加地誠のことを聞いてみた。すると夕紀は、こんなふうに答えた。

「監督はね、怖がってるのよ」

「怖がる？　何を？」

「それはね……部員を」

「部員？　どうして？」

「うん……」

夕紀は、前に加地から聞いたという、彼が部員たちと距離を置くようになったきっかけについて話した。

加地誠は、二十代後半の、まだ若い社会科の教師だった。彼は、この程高のOBであり、また野球部のOBでもあるのだそうだ。

「ええ？　そうなの？　全然知らなかった」

「うん。しかも先生は、東大出身なのよ」

「ええっ！」

程高を卒業した加地は、一浪して東京大学に進んだ。また、大学でも野球部に所属していたのだが、その後、なぜか教員になって母校に戻ってきたのである。

「なんで？」

「はっきりとは言わなかったけど、夢があったみたいなの」

「夢って？」

「うん。加地先生の夢は、高校野球の監督になって、甲子園に行くことだったらしいの」

「ええっ？」とみなみは驚いた。「だったらなんで、あんなにやる気がないというか、真面目に指導に取り組まないの？」

「それはね、この学校に赴任してきてからのできごとに理由があるらしいの……」

程高に赴任した加地は、初めは野球部の監督ではなく、コーチになった。その頃には、他に監督がいたからである。

ところが、入って早々に、その監督がクビになってしまった。練習中、部員に暴力を振るったかどで、部員の親に訴えられたのだ。

「ちょうどね、タイミングも悪かったのよ。ほら、体罰って、ちょうどその頃、そういうのはよくないっていうので、なくそうってことになったらしいのよね。そんな時に、部員の親から訴えられたものだから、学校側も、誰もかばってくれなかったらしいのよ」

「それで？」

「それでね、その先生は、責任を取らされる形で、野球部はもちろん、この学校も辞めさせられたらしいの。加地先生は、その後任として、野球部の監督になったのよ」

夕紀は、ため息を一つつくと、言葉を続けた。

「そのことが、加地先生にとってはショックだったらしいの。というのは、加地先生にとってその先生は、憧《あこが》れの、尊敬する人物だったらしいのよね。だから、その先生が辞めさせられたのがまずショックだったし、自分がその後釜《あとがま》になったのも、やっぱりショックだったの」

「なんで？」

「その先生を、自分が追い出したような気持ちになったらしいのよね。だから先生は、憧れていた高校野球の監督に、考えられる限り最悪の形で就任することになったわけ」

「ふうん……それはまあ、確かにちょっと気の毒な気もするけど、でも、それでなんで、真面目に指導しなくなったの？」

「だから、怖くなったのよ、部員たちが」

「どうして？」

「真面目に指導をしていたら、自分もいつかクビにされるんじゃないかと思って」

「ええっ！」とみなみは呆《あき》れたような顔をして言った。「何それ？　意味が分からない」

　すると夕紀は、ちょっと悲しそうな顔をしながら言った。

「だから、混乱しちゃったのよ。わけが分からなくなっちゃったのね。一体、どうやって指導をしたらいいのかって」

「そんなの、暴力を振るわなければいいだけのことじゃん！」と、みなみはうんざりした顔つきで言った。

それから、今度は一転、感心した顔つきになると、夕紀に言った。

「でも、すごいね夕紀は。だって、そんな先生でも、夕紀には心を開いてそのことを話したわけでしょ?」

「開いたかどうかは分からないけど、話してはくれたわね」

「開いてるよ。だって、分かるもん。夕紀にはそういうとこあるって。夕紀って、なんか話しやすいんだよね。聞き上手なんだ。夕紀に話していると、もやもやしてることとか解決する。現に、私がそうだもん。私も今日、夕紀に話したら何か解決策が見つかるかもしれないって思って来たんだし。実際、色々話せて、だいぶすっきりした。夕紀のおかげで、野球部のことも、だいぶ分かるようになっ——」

と、そこまで話した時だった。みなみは不意に、一つのアイデアを思いついた。

「そうだ!」とみなみは言った。「夕紀にしてもらえばいいんだよ!」

「え?」と夕紀は、驚いた顔でみなみを見た。「するって、何を?」

「マーケティングだよ!」とみなみは勢い込んで言った。「私が聞いたからダメだったんであって、夕紀に聞いてもらえばよかったんだ。そうだ。部員みんなに、一人ひとり、お見舞いがてらにここまで来てもらえばいいんだ。そこで、彼らの現実、欲求、価値を、夕紀に引き出してもらえばいいんだ。私は、その横にいて、それを黙ってメモしてればいい。横にいるのがダメというなら、あそこのロッカーに隠れてたっていいよ。そうやって、マーケティングすればいいんだ。そうだ、それならあの浅野くんからだって、何か話を聞けるかもしれないし！」

第三章　みなみはマーケティングに取り組んだ

9

それからみなみは、夕紀がマーケティングをするための段取りを精力的に組んでいった。

まずは、夕紀の母の宮田靖代に許可をもらった。

話すだけとはいえ、入院中の夕紀にとって、その負担はけっして小さなものではない。なにしろ、二十人を超える部員たちと、一人ひとり話すのだ。それも、ただ単に世間話をするというのではない。彼らから、その現実、欲求、価値を引き出さなければならないのである。それは、けっして生易しい作業ではなかった。

それでも、靖代はこれを快く了承してくれた。

靖代は、みなみに強い信頼を置いてくれていた。それは幼い頃からそうで、遊びに行くといつも温かく迎えてくれたし、やさしくしてくれた。

それは、みなみが野球部のマネージャーとなってからも変わりなかった。むしろ前よりやさしくなったくらいで、この時も、彼女はみなみの申し出を喜んで引き受けてくれたのである。

続いて、今度は監督の加地に許可を取った。

加地には、部員たちの悩みや要望を引き出す情報収集の場を設けたいのだと説明すると、すぐに了承してくれた。

加地自身も、部員との間に距離があるのは問題だと感じていたらしい。ただ、自分ではそれを解決できずにいたのだが、唯一《ゆいいつ》心を開いている女子マネージャーの夕紀が橋渡し役になってくれるというのなら、部員たちとの距離も縮められるかもしれないと期待したのだ。

また、部員が「お見舞い」をする日には練習を休むことの許可ももらった。もともと、練習は無許可で休むことができたのだが、みなみは、その慣行は一刻も早くやめにして、ちゃんと出欠を取るようにしたいと考えていた。だから、練習に出ないことの許可は、きちんと取っておきたかったのである。

次に、今度は部員一人ひとりにお見舞いに来てくれるよう頼んだ。これは、何人かからは断られるかもしれないと考えていたが、意外なことに、全員が了承してくれた。それも、あの慶一郎も含めて、全員が快く了承してくれたのである。

そこには、練習をサボる口実になる——という理由もあったろうけれど、大きかったのは、やっぱり夕紀の人柄だった。

みんな、夕紀の病状を心配していたのだ。だから、本当はもっと早くお見舞いに行きたかったのだけれど、男子生徒が女子生徒のお見舞いに行くというのには少なからず抵抗があったらしい。そこへみなみの方から誘ってくれたものだから、いいきっかけになったのである。

最後に、みなみは夕紀と綿密な打ち合わせをした。

そこでみなみは、「話の聞き方については、あくまでも夕紀に任せる」と言った。部員一人ひとりについて聞きたいこと、引き出したいことなどについては話し合うが、そこから先は一任したい——と、彼女に担《にな》ってもらいたい役割については、特に明確に伝えたのだった。

　こうして、野球部のマーケティングがスタートした。みなみは、部員たちのスケジュールを調整し、一人ひとりを病室まで連れてくると、時間にして一時間ほど、彼らが何を求め、何を欲し、何を望んでいるか、夕紀とともに聞き取っていった。

　みなみたちは、それを「お見舞い面談」と呼んだ。お見舞い面談は、まずは一年生女子マネージャーの北条文乃から始められた。

　みなみは、これから野球部のマネジメントを進めていくうえで、同じ女子マネージャーである文乃の協力は必要不可欠と考えていた。もちろん、どの部員の協力も必要ではあったが、最も近くにいて、また最も多くの時間を共有する彼女は、特に重要だった。

　合宿が明けてから十日ほど後、ちょうど夏の甲子園大会が開幕するその日に、第一回のお見舞い面談は始まった。そこで、みなみに連れられて病室を訪れた文乃に対し、夕紀はこんなふうに切り出した。

「文乃。今日は、あなたに聞きたいことがあって来てもらいました」

「え？　あっ、はい」

　夕紀のかしこまった言い方に、文乃はちょっと緊張したように背筋を伸ばした。

「今度ね、マーケティングを始めたんだ」

「マーケティング――ですか？」

「そう。みなみと私で、野球部のみんなに、色々聞いて回ろうと思ったの。『野球部に求めるものは何か？』って」

「え？」

「それを聞いてね、参考にしたいと思ったの。今後、野球部をマネジメントしていくにあたって、みんなの意見というのはすごく重要なの。みんなが、何を考え、どうしたいかというのが、とっても大切になってくるの。私たちは、それをもとに、野球部をどうマネジメントしていくか、決めたいと思ったの」

「え、あ、はい」

「それでね、文乃にも、協力してもらいたいと思ったんだ」

「えっ、私にですか？」

「そうよ」と夕紀はやさしく微笑《ほほえ》んで言った。「文乃も、マネージャーの一人だからね」

「え、あ、はい」

「で、その手始めとして、まずは文乃のことから聞きたいと思ったんだ。文乃は、野球部に求めてるものって、何かある？」

「え、あ、はい……求める——ですか？」

「そう。野球部に期待するもの、やってほしいこと、あるいは自分がやりたいことでもいいわ。文乃は、野球部に何を求めてるんだろう？」

「え、あ、はい……」

そこで文乃は、しばらく考え込むように黙り込んだ。眉間《みけん》にしわを寄せ、口をきゅっと引き結ぶと、何かを一心に見つめるようにした。

そうしてたっぷりと時間をかけてから、やがて口を開くと、こう答えた。

「いいえ、特にはありません……」

それで、二人の会話を端で聞いていたみなみは、がっくりと肩を落とした。

みなみは、病室の隅の、なるべく目立たないところに座って、二人のやり取りを黙って聞いていた。しかし、文乃のその答えを聞くと、落胆が顔に出るのを抑えることができなかった。

——ああ、やっぱり、たとえ夕紀でも、文乃からは本心を引き出すことはできないんだ……。

「あ、じゃあ聞き方を変えるね——」。しかし夕紀は、表情を変えることもなく、なおも言った。「文乃は、どうして野球部に入ったのかな？」

「えっ？」

「野球部に入った、そのきっかけはなんだったの？」

「それは……」

すると、文乃の表情がちょっと変わった。視線を左右に泳がせ、うろたえるような表情になった。夕紀の顔をちらちらと窺《うかが》いながら、口を開いたり閉じたりした。

おかげで、鈍感なみなみにも、それが何を意味しているのかはすぐに分かった。

――文乃は、何かを言おうとしているのだ。そして、言おうかどうか迷っているのだ！

もう少し待てば、何かを言うかもしれない――と、みなみが思った時だった。不意に、夕紀が口を開いた。

「あ、分かった！」

それで、みなみはびっくりして夕紀を見た。

――え、なんで？　ああ、もう少しで何かを言おうとしてたのに！

しかし夕紀は、そんなみなみなどかまうことなく、なおも文乃の目を真っ直《ま》ぐ《す》に見つめると言った。

「やっぱり、内申書のためかな？」

「えっ？」

「ほら、文乃って、優等生じゃない？　テストの成績はいつも一番だし。だから、内申書の評価とか考えて、やっぱり部活に入っていた方がいいとか、そういう考えで野球部に入ったのかな？」

みなみは、目をまん丸に見開いて夕紀を見た。

――優等生？　何を言い出すんだ。それは、文乃にとって禁句だったはずではないか！

しかし夕紀は、なおも続けた。

「優等生って、やっぱり大変なんだよね。そこまでやらないと、評価を維持できないって言うか、色々気を使ったりしなくちゃいけないしね。やっぱり優等生は、私なんかとは考えることが――」

「私、優等生なんかじゃありません！」

案の定、文乃は、病室の外にも聞こえるような大きな声を出した。おかげでみなみは、看護師さんか、あるいは席を外してもらっている靖代が、心配になってやって来るんじゃないかと思い、ヒヤッとした。

しかし、そうした思いも、文乃の顔を見た瞬間に吹き飛んでしまった。彼女が、今にもあふれんばかりに、目に大粒の涙を浮かべていたからである。

その潤《うる》んだ瞳《ひとみ》で、文乃は、夕紀のことを真っ直ぐににらんでいた。

「私、優等生なんかじゃないんです！　その言葉、大嫌いなんです！」

「え？」と夕紀は、しかし表情を変えることなく、文乃の顔を正面から見返すと言った。「それは、どういう意味かな？」

「私、ほんとに、ほんとに優等生なんかじゃないんです！　アンドロイドでもないんです！　人間なんです。血が通ってるし、みんなとだって、仲よくなりたいんです！」

「『アンドロイド』って？」。すかさず、夕紀が問い質《ただ》した。

「中学の時、言われたんです！」。間髪を入れずに、文乃は答えた。「あいつは無表情で、成績ばっかりよくって、人間じゃないって。あいつは、アンドロイドだろうって。血が通ってない、ロボットだろうって。だから、成績はいいけど、誰とも仲よくできないんだって。中学の時、さんざん言われたんです！　みんなから、ずっとずっと言われ続けてきたんです！」

「それで？――」と夕紀は言った。「それで、なんで野球部に入ろうと思ったの？」

「それは……」と文乃は、一瞬だけためらった表情を見せたが、しかしすぐに言った。

「私だって、みんなと仲よくなりたいんです！　みんなと仲よくなれるんです！　私だって本当は、みんなと仲よくなって、みんなの役に立ちたいんです！」

　文乃は、ついに堪《こら》えきれずに涙を流し始めた。

「私、夕紀さんが好きだったんです！」

「えっ！」と夕紀は、今度こそ目をまん丸くして文乃を見た。これにはみなみも、やっぱり驚きに目を見開いた。

　文乃は、涙を流しながら続けた。

「私、私……夕紀さんが憧《あこが》れだったんです。夕紀さんみたいに、私も、みんなの役に立ちたいって……私も、みんなと仲よくなりたいって、ずっと思ってたんです！　私、私……本当に優等生なんかじゃないんです！　それを、それを、夕紀さんからそんなことを言われたら、私、私……」

　すると、その時だった。いきなりベッドから起きあがった夕紀は、文乃のもとに素早く駆け寄った。これには、文乃もそうだが、みなみもびっくりさせられた。

　夕紀は、文乃の手を取ると言った。

「ごめんね、私の言葉が軽率だった。あなたを傷つけてしまったみたい。ごめん、つまらないこと言って。もう……もう二度と言わないから、許してくれる？」

この時、夕紀もやっぱり、目に涙を浮かべていた。その涙を浮かべた目で、文乃のことを真っ直ぐに見つめた。

そんな夕紀を、文乃は食い入るように見つめ返した。それから、ワッと泣き崩れると、夕紀の胸に飛び込んだのだった。

夕紀は、そんな文乃を抱き留めると、彼女の髪をやさしくなでた。それから、みなみの方を見て、口の動きだけで「ゴメン」と言い、ちょっと申し訳なさそうな顔をした。

しかしみなみは、ただただ感心するばかりで、二人を呆然《ぼうぜん》と眺めていた。

10

それは全く予想外のできごとだった。文乃がそんなことを話すと思わなかったのはもちろん、夕紀がそんな聞き方をするとも思わなかった。

夕紀のその聞き方は、もう十年以上もつき合ってきて、みなみが初めて見た、彼女の知られざる一面だった。

文乃が帰った後、病室に残ったみなみと夕紀は、今したお見舞い面談について感想を話し合った。

そこで夕紀は、自分のやり方をしきりに反省していた。

「自分で自分にびっくりした」と彼女は言った。「あんなことを言うつもりはなかったのに……」

夕紀には、文乃が傷つくと分かっていて「優等生」などと言うつもりは全くなかった。ところが、それが咄嗟《とっさ》に出てしまったのだという。

そのことを、彼女はこう釈明した。

「必死だったのよ。私、必死だったの。やっぱり、任されたからには、なんとか役に立ちたいって思ったから。なんとか、文乃の本心を引き出したいと思ったから。だから、気づいたらあんな言い方になってた」

「自分を責めることはないよ」とみなみは言った。「私も、ちょっとびっくりしたけど、でも、結果的に、文乃も分かってくれたじゃん。結果的に、本心を話してくれたじゃん。私、よかったと思うよ。文乃のためにも、よかったと思う。これがきっかけになって、彼女も、もう少し本心を出せるようになるんじゃないかな」

「そうだといいんだけど……」

夕紀はその日、最後まで反省することしきりだった。

しかし結局、結果はみなみの言った通りになった。その日から、文乃の態度が少しずつではあるが変化していったのである。みなみの問いかけに対しても、「え、あ、はい」だけではなく、ちゃんと中身の伴った、はっきりとした言葉で返答するようになったのだ。

この文乃を皮切りに、夏休みの間中、みなみと夕紀は、部員一人ひとりのお見舞い面談を次々とこなしていった。そして、目覚ましい成果をあげていった。二人はそこで、これまで想像したこともないような、部員たちの知られざる一面というものを、次々と引き出していったのだ。

例えば、キャプテンの星出純について、こんな一面を聞き出すことができた。彼は、野球部に入った理由をこう説明した。

「おれは、おれの実力がどこまでのものか、確かめるために野球部に入ったんだ」

純は、野球部の中でも飛び抜けた存在だった。その実力は際立《きわだ》っており、甲子園常連校のレギュラークラスといっても遜色《そんしょく》ないくらいだった。

実際、中学の時には多くの名門私立からスカウトが来たらしい。しかし彼は、それらを全《すべ》て断って、普通に受験して程高に進学した。

その理由を、彼はこう説明した。

「そのまま野球を続けてプロ野球選手になるということに、リアリティを見出《みいだ》せなかったんだ」

純は「リアリティ」という言葉を何度も使った。

とてもじゃないが、自分はプロ野球選手になれるような器ではない。だから、野球で進学するよりは、将来を見据え、普通に勉強して進学した方がいい――そう考えて、程高に進んだという。

ところが、いざ程高に来てみると、今度は後悔の念が頭をもたげた。

――私立に進んでいたら、自分はどこまで行けただろう？

そうした疑問が、むくむくと湧《わ》きあがってきたのだ。

そこで純は、その疑問を解消するために野球部に入ったのだそうだ。野球部に入って実力を高め、自分が一体どこまでの器だったのか、見極めようとしたのである。

そのため純は、誰よりも一生懸命練習に取り組んだ。そうして、入部早々レギュラーを獲得すると、すぐに誰もが認める中心選手になって、やがてキャプテンにも選出された。

しかし純は、そのことがまた、悩みの一つにもなっているのだと語った。

「自分の実力を見極めたくてやっている野球で、みんなのことにも気を遣わなければならないキャプテンであることは、はっきり言って負担なんだ」

　だから、このままではどちらもおろそかになってしまいそうでいやなんだ。できれば、キャプテンは辞めたいくらいだ——そう語った純の姿は、みなみや夕紀にとって、彼の知られざる一面だった。真面目《まじめ》で誠実な人柄の純が、キャプテンという役職に対しそうしたネガティブな思いを抱いているなどとは、想像もしていなかった。

　しかしみなみには、一方ではそれが腑《ふ》に落ちるところもあった。これまでの純のよそよそしい態度はそれが理由だったのかと、納得することができたのである。

　それから、外野手のレギュラーに朽木《くつき》文明《ふみあき》という二年生がいるのだが、彼の言葉にも、みなみと夕紀はびっくりさせられた。

　文明は、自分がレギュラーであることに大いなる悩みを抱いているのだと言った。彼は、その打撃成績がレギュラー選手中最低だった。

　文明は、バッティングはもちろん、守備もそれほど上手《うま》いわけではなかった。そんな彼がなぜレギュラーだったかといえば、それはひとえに足の速さに理由があった。

　文明は、部一番の俊足を誇っていた。それも生半可な速さではなく、学校の体力測定では陸上部員を抑えてトップになるほどのずば抜けたものだった。

おかげで、二年生になった時にはほとんど自動的にレギュラーが与えられた。また試合では、盗塁を決めるなどその俊足を生かし、チームの勝利に貢献したこともあった。

ただ、彼の場合はそもそも塁に出ること自体がとても少なかったので、そうした活躍は希《まれ》であった。そのことが、彼の引け目となり、最近では悩みにまでなっていたのである。

「おれは、野球部を辞めた方がいいんじゃないかと思ってるんだ」。お見舞い面談に来た折に、文明はそう語った。「おれよりも、もっとレギュラーに相応《ふさわ》しいやつはいる。おれは、本当に足しか取り柄がないからな。だから、いっそ野球部を辞めて陸上部に入ろうかとも考えてるんだ。実際、誘われてもいるしね。その方が、おれもスッキリするんじゃないかと思って」

みなみと夕紀は、まさかレギュラーであることが悩みの部員がいるなどとは考えたこともなかったから、これにも大いに驚かされた。

さらに二人は、一年生の桜井祐之助からも知られざる一面を聞かされた。彼は、野球が好きになれなくて、このところ悩んでいるのだという。

祐之助は、野球一家の三男坊として育ち、幼い頃から当たり前のように野球をやってきた。その中で実力を伸ばし、小学校の頃からずっとレギュラーを張ってきた。特にその野球センスはずば抜けており、チームメイトの中でも一、二を争うほどのものだった。それは程高に入ってからも変わりなく、夏の大会では、一年生ながら六番ショートでずっと先発出場していた。

ところが、最近になって「自分は野球を面白いと思ったことが一度もない」ということに気づいたというのだ。

これまでは、野球をするのが当たり前であって、そのことを深く考えたことはなかった。しかし、夏の大会でエラーをしたことで、それを考えさせられるようになったのだという。

実は、夏の大会でピッチャーの慶一郎が交代させられるきっかけとなったエラーをおかしたのは、この祐之助だった。そこで彼は、野球を始めてから初めてともいえる大きな挫折《ざせつ》を味わった。自分のエラーがきっかけで、試合に負けたのはもちろん、野球部に不協和音まで生じるようになったからだ。

そこで祐之助は、初めて「自分はなんで野球をしているのだろう?」と考えるようになった。その時に、理由を一つも思いつけなかったのだそうである。

そのため、野球を続けることに疑問を感じるようになり、部活動がすっかり楽しめなくなった。それが、今の大きな悩みなのだという。

ではなぜ辞めないかといえば、それはそれで抵抗があるからなのだそうだ。これまでずっと野球をやってきて、今では唯一の取り柄のように感じていた。その唯一の取り柄から離れてしまうと、自分には何も残らなくなるんじゃないかという不安があったのだ。

そんなふうに、部員たちは大なり小なり知られざる一面というものを持っていた。そうしたことをみなみと夕紀は、お見舞い面談を通じて、一つひとつ丹念に引き出していったのである。

11

お見舞い面談で、部員の最後に病室を訪れたのは、エースの浅野慶一郎だった。

みなみは、慶一郎が最後に来るよう順番を調整していた。それは、彼への面談が一番困難なものになるだろうと予想していたからだ。

今野球部にある不協和音の元凶となっているのが慶一郎だった。彼のふてくされた態度が、部全体に悪い影響を及ぼしていた。

そういう人物から本心を引き出すのは、とても難しいだろうと思った。だから、他の部員で経験を積んでからあたろうと考えたのだ。

ところが、予想に反して慶一郎との面談は、とてもスムーズなものとなった。病室を訪れた彼は、明るく、開けっぴろげに、色んなことをためらうことなく話してくれた。そればかりではなく、時には冗談を飛ばし、みなみと夕紀を笑わせてくれたりもした。

おかげでみなみは、拍子抜けするのと同時に、自分がいかに表面的にしか人を見てこなかったかということも思い知らされた。これは慶一郎に限らなかったが、あらためて話してみると、部員たちは皆、話を聞く前は想像もしていなかった知られざる一面というものを持っているのだった。

しかも彼らは、ほとんどの場合、それをためらうことなく話してくれた。引き出すのが難しかったのは最初の文乃くらいで、後はほとんど、自分の方から積極的に話してくれた。

そこには、もちろん夕紀の聞き上手ということもあったけれど、部員たちにしても、自分のことをもっと知ってもらいたいという思いがあったのである。それは慶一郎も同様で、みなみは、お見舞い面談をするまでは、彼のことを意固地で取っつきにくい人間だと思っていた。しかしいざ話してみると、そうした印象はまるっきり塗り替えられた。彼は、聞けばなんでも話してくれる、とても親しみやすい人間だった。

ただそれは、ネガティブなことに関しても同様だった。慶一郎は、話題が監督とのことに及んだとたん、顔を曇らせると、こんなふうに言った。

「あいつのもとでは、野球なんてやってられないよ」

慶一郎は、キャプテンの星出純が教えてくれたように、夏の大会での交代をいまだに根に持っているのだった。それ以前にも、監督に対するわだかまりは少なからずあったそうなのだが、夏の大会でそれが決定的になったのだという。

「あいつは監督の器じゃない」

と、慶一郎は吐き捨てるように言った。

「あいつは選手の気持ちがこれっぽっちも分かってない。ピッチャーの気持ちがどういうものかということが、これっぽっちも分かってない。おれは別に、エラーをした祐之助を責める気持ちなんかは少しもなかったんだ。むしろ、それをカバーしてやろうと燃えてたくらいだ。ところが、あの試合に限ってはそれが裏目に出てしまった。肩に力が入って、逆に打ち込まれてしまった。それでこっちは、祐之助に悪いことをしたなと思ったくらいなんだ。だから、それを取り返そうと、気合いを入れてピッチングを立て直そうとしていたんだ。ところが、その矢先だった。突然、交代させられたんだ。その時の、おれの気持ちが分かるか？」

慶一郎は、お見舞い面談の残りの時間一杯を使って、監督への不満をぶちまけ続けた。おかげで最後は、ほとんど彼の愚痴を聞くような格好となってしまった。

慶一郎が帰った後、病室に残ったみなみと夕紀は、今のお見舞い面談についての反省会を開いた。その席で、最初に切り出したのは夕紀だった。

「浅野くんは、まだ子供なんだと思う」と夕紀は言った。「それは悪い意味でじゃなくてよ。彼は、子供のように無邪気で素直なんだと思う。だから、思ったことがそのまま態度に出ちゃうのね。それが、明るい話題だったら明るい人柄になるけど、いやな話題だといやな人柄になっちゃうのよ。彼がふてくされているのも、そうした気持ちがそのまま表れているからだと思うわ」

「なるほど」とみなみはうなずいた。「確かにそうね」

「だから、彼がふてくされてても、周りは注意しにくいのね。それは、彼が周りを困らせてやろうといじけた気持ちでいるのではなく、本当に、単純に心からふてくされているということが分かるから、意見しづらいのよ」

「うんうん、なるほど、そうなんだねえ」

みなみはいつも、夕紀のそうした分析に感心させられるのだった。そうしていつも、その思いを素直に伝えるようにした。また、疑問があれば口にしたし、自分の意見がある時には、それもはっきり言うようにした。

そうしたのには理由があった。それは『マネジメント』に書かれていたある一節を参考にしたからだ。『マネジメント』にはこう書かれていた。

マネジメントは、生産的な仕事を通じて、働く人たちに成果をあげさせなければならない。（五七頁《ページ》）

「働く人たちに成果をあげさせる」ことは、マネジメントの重要な役割だった。そのためみなみは、「どうやったら部員たちに成果をあげさせられるか」ということを、ずっと考えてきた。

その中で、まずは最も近しい存在である宮田夕紀に成果をあげさせようとした。その際、参考になったのはやっぱり『マネジメント』だった。『マネジメント』にはこうあった。

焦点は、仕事に合わせなければならない。仕事が可能でなければならない。仕事がすべてではないが、仕事がまず第一である。(七三頁)

そのうえで、仕事には「働きがい」が必要であると言い、それを与える方法について、こう書かれていた。

働きがいを与えるには、仕事そのものに責任を持たせなければならない。そのためには、①生産的な仕事、②フィードバック情報、③継続学習が不可欠である。(七四頁)

これを参考に、みなみは夕紀の仕事を設計していったのだ。

まず、彼女の仕事を生産的なものにしようとした。だから、マネジメントにとって最も重要な仕事の一つである「マーケティング」を、彼女に一任した。

次に、フィードバック情報を与えた。面談が終わると反省会を開き、自分の評価や感じたことを率直に伝えた。また、部員たちからも感想を聞き、それらも全《すべ》て伝えるようにした。

最後に、夕紀自身が学習を欠かさないよう気を配った。彼女にも『マネジメント』を読んでもらったのはもちろん、どうやったらもっと部員たちの本心を聞き出すことができるか、話し合ったり、それ以外の本を読んでもらったりもした。また、親や病院の人たちにも相談してもらうなどして、幅広く情報を蓄えさせた。

そうやって、みなみは夕紀の仕事に責任を持たせようとしたのだ。

すると、その効果は大きかった。例えば夕紀は、文乃との面談において、自分でも驚くような聞き方をしたと言った。それは、彼女の責任感がそうさせたものであった。面談が終わった後の反省会で、彼女自身が「任されたからには、なんとか役に立ちたいって思ったから」と語ったように、責任を持たされたことが、夕紀の新たな一面を引き出したのだ。

そんなふうに、夕紀に成果をあげさせたこととも相まって、「お見舞い面談」は大きな成功をおさめた。これによってみなみは、自らのマネジメントへの自信を深めるとともに、『マネジメント』という本に対しても、ますます厚い信頼を寄せるようになったのである。

12

慶一郎へのお見舞い面談が終わった頃には、二学期が目前に迫っていた。そこでみなみは、マネジメントをさらに次の段階へ進ませようと考えた。

次にみなみが取り組んだのは、「マネジメントの組織化」であった。これまで一人で取り組んでいた仕事を、何人かのチームで行うようにしようとしたのだ。特にみなみは、監督の加地誠を、なんとかそこに参画させることができないかと考えた。

加地は、野球部においては最も重要な人物と言っても過言ではなかった。野球部にとっての中心的な従業員であると同時に、大切な顧客でもあり、また文字通りマネジャー（監督）だった。

そんな加地の協力なしでは、甲子園出場はもちろん、マネジメントもままならなかった。

そこでみなみは、加地とどうしたら協力関係を築けるか、考えた。すると、そのヒントとなりそうな一節が『マネジメント』の中にあった。『マネジメント』の中に、加地にそっくりなキャラクターについての説明があったのだ。

それは「専門家」という言葉で説明されていた。『マネジメント』にはこうあった。

　専門家にはマネジャーが必要である。自らの知識と能力を全体の成果に結びつけることこそ、専門家にとって最大の問題である。専門家にとってはコミュニケーションが問題である。自らのアウトプットが他の者のインプットにならないかぎり、成果はあがらない。専門家のアウトプットとは知識であり情報である。彼ら専門家のアウトプットを使うべき者が、彼らの言おうとしていること、行おうとしていることを理解しなければならない。

　専門家は専門用語を使いがちである。専門用語なしでは話せない。ところが、彼らは理解してもらってこそ初めて有効な存在となる。彼らは自らの顧客たる組織内の同僚が必要とするものを供給しなければならない。

　このことを専門家に認識させることがマネジャーの仕事である。組織の目標を専門家の用語に翻訳してやり、逆に専門家のアウトプットをその顧客の言葉に翻訳してやることもマネジャーの仕事である。（一二五頁）

この一節を初めて読んだ時、みなみは、そこに出てくる「専門家」という人物が加地とそっくりなことにびっくりさせられた。あまりにも似すぎているため、「これは加地のことを書いたのではないか？」と疑ったくらいだ。

ここに書かれている通り、加地の問題はまさに「コミュニケーション」にあった。加地は、さすがに東大に行ってまで野球をやっていたくらいなので、こと知識に関しては並外れたものを持っていた。みなみはこれまで、加地に対して何度か野球についての質問をしたことがあったが、そのたびにいつも、豊富な知識に裏づけされた、ものすごい情報量の答えが返ってきた。

しかし多くの場合、みなみはそれを理解できなかった。というのは、そこで加地が、いつも多くの「専門用語」を使うからだった。しかもそこには、二つの専門用語が混在していた。一つは、野球の専門用語。もう一つは、勉強ができる秀才が使いがちな、独特の難しい言葉遣い。おかげでそれは、本当に分かりづらい、理解しにくいものとなっていたのである。

だから、加地のアウトプットは少しも組織のインプットにならず、成果をあげられない状態だった。加地は、彼にとっての顧客である部員たちが必要とするものを、ちっとも供給できていなかった。

そればかりか、部員たちの欲求――つまり顧客のニーズさえ少しも把握できていなかった。だから、夏の大会の慶一郎のようなことが起こったのだ。

『マネジメント』にはこうあった。

言い換えると、専門家が自らのアウトプットを他の人間の仕事と統合するうえで頼りにすべき者がマネジャーである。専門家が効果的であるためには、マネジャーの助けを必要とする。マネジャーは専門家のボスではない。道具、ガイド、マーケティング・エージェントである。

逆に専門家は、マネジャーの上司となりうるし、上司とならなければならない。教師であり教育者でなければならない。（一二五頁）

これを読んだ時、みなみはさらにびっくりさせられた。

——加地はまさに、私たちの「教師であり教育者」ではないか！

そこでみなみは、そんな加地の「通訳」になること——すなわち組織の目標を専門家の用語に翻訳したり、専門家の「道具、ガイド、マーケティング・エージェント」となったりすることが、自分たちの役割であるというのを確信したのである。

夏休みの終わりに、みなみは加地に、お見舞い面談の報告を夕紀と一緒にしたいので、と理由をつけて、病院に来てもらうよう話を取りつけた。

そこでみなみは、部員たちから引き出した悩みや要望を伝えるつもりであった。特に慶一郎のことを伝えたかった。夏の大会で交代させられた彼がどういう気持ちだったか、そして今それをどう思っているか――そうしたことを知ってもらいたいと考えたのである。

明日から二学期が始まるという八月三十一日、みなみは、加地を伴って夕紀の病室を訪れた。

この日、まずは夕紀がお見舞い面談について報告した。そこで夕紀は、部員たちから聞き取った、彼らの現実、欲求、価値というものを、可能な限り伝えていった。

続いて、今度はみなみが、慶一郎のことについて話した。夏の大会で慶一郎が思ったこと、その交代で感じたこと、それ以外にも、野球部や監督に対して思っていることなど、それらを、もちろん慶一郎の使った言葉そのままではなく、オブラートにくるんでではあったが、しかしなるべく率直に、ありのままを包み隠さず伝えるようにした。

すると加地は、こんなふうに言った。

「おれは、浅野がそんなふうに考えていたなんて、これまで全く知らなかったよ」。

加地は、きょとんとした顔で言った。「むしろ、あいつは桜井のエラーで気分を害したから、代えてほしいのかと思ってたくらいだ。だからおれは、よかれと思って代えたんだけどなぁ」

それでみなみは、びっくりしてこう言った。「え、だって、それ以来、浅野くんずっとふてくされて、練習も真面目にやってないじゃないですか」

「え、そうか？　あいつは、前からあんなじゃなかったっけ？　だけど、いずれにしろ、ふてくされてるというのも全く気づかなかったよ」

これには、さすがにみなみも呆《あき》れてしまった。いくら部員と距離を置いているとはいえ、鈍感にもほどがあった。みなみは、自分で自分を鈍いと思っていたけれど、加地ほどではないと思わされた。

しかし、それならそれで問題の解決も早いように思われた。慶一郎の気持ちに気づかなかったことがここまで問題がこじれたことの原因なら、それを解消しさえすればいいだろうと思ったからだ。

そこで、みなみはこう提案した。

「監督。一度浅野くんと話し合ってもらえませんか。そこで、監督が今おっしゃったことを、浅野くんに伝えてほしいんです。そうすれば、浅野くんの誤解も解けて、彼も気持ちよく練習に取り組めるようになると思うんです」

しかし加地は、しばらく考えた後、言葉を選ぶように、ゆっくりとした口調でこう答えた。

「いや、しかし、それはどうだろう。きみらの言いたいことは、理解したよ。確かにそこには、誤解があったと思う。ぼく自身にも、至らないこと、足りないことはあった。そこは認める」。それから、妙によそよそしい、他人事のような言い方でこう続けた。「しかし、それを浅野と話し合うというのはどうだろう。おれが言っても、結局あいつは、よくは受け取らないんじゃないかなぁ。それで、かえって関係をこじらせるかもしれない。だから、きみらからそれを伝えるというのならそれでもいいけど、ぼくが直接言うというのは、ちょっと賛成しかねるな。それは、必ずしも得策とは思えないよ」

そんなふうに、加地はあれこれと理由をつけて、結局慶一郎との対話を拒絶したのだった。

加地が帰った後の反省会は、お見舞い面談が始まって以来最も暗いものとなった。

「なんだかんだ言って、結局話すのが怖いのよ」。この日は珍しく、みなみの方から切り出した。「言い訳をして、逃げてるだけね」

「確かにそうね」と、夕紀も相槌《あいづち》を打った。「それに、そういう態度がまた、浅野くんを意固地にさせてるところもあるんだよね。浅野くん、ああ見えて純粋なところがあるから、ちゃんと話せば、それを受け取ってくれると思うんだけどなぁ。もったいないよね」

「うん、その通り。それを私たちが伝えたんじゃ、かえって逆効果になるのよね。『なんで直接言わないんだ』って、ますますふてくされるだけだわ」

それでもみなみは、結局「通訳」はマネジャーの大切な仕事の一つだと割りきって、慶一郎に加地の言葉を伝えたのだった。

それに対し、慶一郎は、表向きは素直に聞いていた。しかしみなみには、彼がそれをどう受け取ったのか、よく分からなかった。話を聞き終わると、彼はただ一言「ああ、そう」と答えただけで、後は何も言わなかったからだ。

第四章　みなみは専門家の通訳になろうとした

13

夏休みが明け、二学期がやって来た。

二学期になるとすぐ、秋季東京都大会——通称「秋の大会」——が始まった。秋の大会は、みなみが野球部に入ってから初めての公式戦で、しかも春の甲子園へと続くとても重要な大会だった。そのため、みなみの緊張も自然と高まった。

しかし、それとは逆に野球部には、相変わらず緊張感の高まりというものがなかった。さすがに夏休み前のようにほとんどの部員が休むということはなかったけれど、それでも、櫛《くし》の歯が欠けたようにぽろぽろと休んでいる部員たちがいた。

特に、肝心の浅野慶一郎が休んだままだった。みなみは一度、あまりにも練習に来ない彼を見かねて、教室の前で待ちかまえ、わけを問い質《ただ》してみたことがあった。すると慶一郎は、身体《からだ》に張りがあるとかないとか要領を得ないことを言って、結局練習に出ようとはしなかった。

そうして、あっという間に一週間が過ぎ、一回戦当日を迎えてしまった。

この試合、先発投手に指名されたのは慶一郎だった。みなみはこれを、複雑な思いで見ていた。

練習にほとんど出ない彼が先発することには、少なからず抵抗があった。野球部にはもう一人、新見《にいみ》大輔《だいすけ》という一年生投手がいたのだが、真面目《まじめ》に練習に出ていた彼を起用する方が、ずっとすっきりするし、公平だと思った。

それでも、ここで慶一郎を起用しないと、今度こそ本当にふてくされ、野球部を辞めかねないという危惧《きぐ》もあった。だから、致し方ないという気持ちも、一方にはあった。

そのためみなみは、近くにいた文乃をつかまえて、こう愚痴ったりした。

「浅野くんも、試合になるとサボりはしないのよね」

慶一郎は、試合になると当たり前のように出席した。しかしみなみは、いっそ試合も練習の時のようにサボってくれればいいのにと思ったのだ。そうすれば、気兼ねなく大輔を先発に起用でき、複雑な思いをしなくて済む。

この慶一郎の先発には、みなみだけでなく、他の部員たちも違和感を持っているようだった。真面目に練習に出ていた部員たちは――特にキャッチャーの柏木次郎は、口にこそ出さなかったけれど、白けた雰囲気を醸《かも》し出していた。おかげで野球部には、まだ試合前だというのに、早くも不穏な空気が漂った。

ところが、いざ試合が始まると、慶一郎はナイスピッチングをしてみせた。

この日の対戦相手は、同じ都立の普通校だった。

秋季東京都大会は、東西合わせて二百五十以上もある参加校をまず二十四のグループに分け、ブロック予選を行う。そのブロック予選で優勝した高校が、本戦トーナメントに勝ち進む。その本戦トーナメントで優秀な成績をおさめた一校ないし二校が、選抜されて春の甲子園に出場できるというシステムだった。

それは果てしなく遠い道のりだった。まずブロック大会で優勝しなければならないのだが、それさえも三回以上連続して勝たないとならないのだ。

だから、一回戦で打ち込まれるようではお話にならないのだが、それでも、この日の慶一郎は、ほとんど練習していないにしては、なかなか感心させられるピッチングをしていた。

慶一郎は、相手を六回まで無得点に抑えた。一方、味方も相手を打ち崩すことができず、試合は0対0のまま、七回の裏、相手の攻撃を迎えた。

ここまでで味方が点を取っていたら、その後の展開もまた違ったものになっていたかもしれない。

後に、程高にとって大きなターニングポイントとなったこの試合を振り返った時、みなみは、運命の不思議を思わずにはいられなかった。この後、野球部の運命を大きく変える、あるできごとが起こるのだ。そしてそれは、この回までに味方が点を取っていたら、起こっていなかったかもしれなかった。

この回、慶一郎が、先頭打者を出塁させてしまった。それも、ヒットではなく、ショートを守っていた桜井祐之助のエラーでだった。

祐之助は、夏の大会でもエラーをおかし、慶一郎が崩れるきっかけを作った張本人だった。それがもとで、慶一郎は降板させられることになり、その遺恨が、今の野球部の不穏な空気にもつながっていた。

その当人が、再びエラーをおかしてしまったのだ。おかげで野球部には、一気に重苦しい空気が漂った。それは、フィールドで守っていたナインもそうだったし、ベンチで見ていた他の部員たちもそうだった。みんな、エラーをおかした祐之助に慰めの言葉をかけることもできず、その場に呆然《ぼうぜん》と立ち尽くした。

マネージャーとしてベンチに入っていたみなみは、ショートを守っていた祐之助を見てみた。すると彼は、遠目にもはっきりと分かるほど青白い顔をして、うつむいていた。

次にみなみは、マウンドの慶一郎を見てみた。しかし彼は、みんなとは違って、ほとんど表情を変えていなかった。ショートの祐之助に慰めの言葉をかけることこそしなかったが、顔色を青白くさせたり、あるいはふてくされたりすることもなく、淡々と次の打者に相対していた。

それでみなみは、前に慶一郎から聞いた言葉を思い出した。

「おれは別に、エラーをした祐之助を責める気持ちなんかは少しもなかったんだ。むしろ、それをカバーしてやろうと燃えてたくらいだ」

――きっと、今もそういう気持ちなのだろう。

そう考えてこの場面、あまり心配することもないだろうと思って見ていたのだけれど、ところがそこで、予想外のことが起こった。慶一郎が、一向にストライクを取れなくなってしまったのだ。

慶一郎は、次の打者をフォアボールで歩かせると、その次の打者も歩かせて、ノーアウト満塁にしてしまった。

ここで監督の加地がタイムを取り、伝令をマウンドへ走らせた。ところが、これが逆効果になったのか、慶一郎はいよいよストライクが入らなくなって、さらに続く三人にもフォアボールを出し、立て続けの押し出しで3点を与えてしまったのである。

ここまで来ると、さすがに慶一郎も表情を一変させていた。顔を真っ赤にし、怒ったような表情で、しきりに肩を揺すったり、プレートをならしたりしていた。

もしみなみが何も知らないでこの場面を見ていたら——つまり慶一郎にマーケティングをしていなかったら、きっと彼のことをこう疑っただろう。

——慶一郎は、祐之助のエラーにふてくされて、ストライクを投げなくなったんだ。

それほど、慶一郎の豹変《ひょうへん》ぶりは大きく、また傍目には不可解なものだった。

それでもみなみは、少なくとも慶一郎がふてくされていないことだけは分かっていた。彼の気持ちは前に聞いていたし、どういう性格かというのも、夕紀と一緒に面談したり、あるいは話し合ったりした中で、ある程度理解していた。だから、なぜストライクが入らなくなったかということも、おぼろげながら想像することができたのである。

——きっと、今度も抑えてやろうと肩に力が入ったのだ。それが原因でピッチングを崩してしまった。あるいは、もう二度と交代させられたくない、という焦《あせ》りもあったかもしれない。それがさらなる焦りを呼んで、ますますストライクが入らなくなってしまった……。

そこまで考えた時、みなみは、今度はベンチの隣の席で見ていた加地のことが心配になった。

——ここでまた慶一郎を交代させてしまったら、今度こそその亀裂《きれつ》は決定的になる。

そこでみなみは、自分の「通訳」としての役目を思い出し、加地にこう話しかけた。

14

「監督」
「ん？」
「浅野くんのことなんですけど」
「うん」
「彼は、その……ストライクが入らなくなってますけど……それは別に……」

「『ふてくされてるわけじゃない』って言うんだろ?」

「え?」

「あいつは別に、わざとフォアボールを出してるわけじゃない、って言うんだろ。それくらい、おれにも分かるよ」

「ほんとですか?」

みなみは、ついそう聞き返したが、しかし加地は、気にした様子もなく、肩をすくめるとこう言った。

「実はな、あれからおれもちょっと反省して、聞いてみたんだよ」

「聞いた? 何をですか?」

「その……『ピッチャーの気持ち』ってやつをさ。大学時代のエースだったやつに、電話して。浅野は、おれのこと『ピッチャーの気持ちが分かってない』って言ったんだろ?」

「え? ええ……」

「それを聞いてな、その通りかもしれないって思ったんだ。おれは、小中高大とずっと野手で、しかもだいたい補欠だったから、エースはおろか、投手の気持ちやレギュラー選手の気持ちというのも、実はよく分かってなかったんだ。だから、色々聞いてみたんだよ。ピッチャーの気持ちというのは、一体どういうものなのかって」

「ええ」

「その時に言われた言葉で、一つ印象に残ったものがあるんだ」

「……それは、どんな言葉ですか？」

「うん。それは、『フォアボールを出したくて出すピッチャーは、この世に一人もいない』というものだった」

「えっ！」とみなみは驚きの声をあげた。「それって、今のこの状況にぴったりじゃないですか」

「そう。だから、おれもちょっと驚いてるんだけど、そいつが言うには、フォアボールというのは、どんなピッチャーにとっても一番の恥だというんだ。だから、それを出したくて出す人間はいないんだけど、周りからはどうしてもそうは見られない。それがつらかったということだった」

「……どういう意味ですか？」

「うん。フォアボールを出すとな、ベンチも、それから野手も、必ず冷たい目で見るんだそうだ。そして必ず『打たせていこうぜ』とか、『もっとバックを信頼して』と言われるらしい」

その時、キャッチャーの柏木次郎が、マウンドの慶一郎に向かって声をかけた。

「浅野！　もっとリラックスして、打たせていこうぜ！　もっとバックを信頼して！」

みなみと加地は、思わず顔を見合わせた。

「でもな」と加地が続けた。「ピッチャーっていうのは、別に三振を狙《ねら》ったり、バックを信頼してなかったりするから、フォアボールを出すわけじゃないんだそうだ。そこには色んな理由があるけれど、とにかく、自分では絶対に出したくないと思いながらも、出す時は、もうどうしようもなく出してしまうんだということだった」

「そうなんですか……」

そうする間にも、慶一郎はさらに三つのフォアボールを重ね、試合は0対6となった。ここであと1点取られて7点差がつくと、そこでコールド負けが決まる。

「あの、それ――」とみなみは言った。「この後、みんなに話してもらえませんか？」

「え？」と加地は、きょとんとした顔でみなみを見た。「どうして？」

「今の次郎の……柏木くんの言葉を聞いたからじゃないんですけど、みんな、知らないと思うんです。監督が今おっしゃった、『ピッチャーの気持ち』っていうものを。だから、浅野くんは今、きっととても苦しんでると思うんです」

みなみは、もう試合そっちのけで、熱心に加地に語りかけた。

「だけど、彼の性格上、自分からそれを言うことはできないと思うんです。ああ見えてシャイなところがあるんで、自分からそれを言うのは格好悪いと思ってるんです。だから、そこで監督からみんなにそれを伝えてもらえれば、彼もだいぶ救われると思うんです。自分の気持ちがみんなに分かってもらえて、助かると思うんです」

しかし加地は、みなみがそれを言い終わると、視線をそらし、妙によそよそしい顔になってこう言った。

「ああ、でも、それは得策ではないと思うんだ」。加地は、グラウンドを、まるで自分とは無関係のことが起こっているかのように、無表情で見つめながら言った。「今のこの状態で、いきなりそういうことを言い出すと、みんなはたぶん、おれが浅野に変にすり寄ろうとしてるんじゃないかって勘ぐると思うんだ。みんなだけじゃなく、浅野だってそういうふうに勘ぐるかもしれない。だから、もう少し時間が経《た》って、みんなが落ち着いた頃合いで、それとなく伝えた方がいいと思うんだ」

加地はなおも、自分がそれを言わない方がいい理由を二、三言い繕った。

それを聞きながら、みなみは、自分の力のなさに歯嚙《はが》みする思いだった。

――私は、監督の現実、欲求、価値というものを、まだ引き出せていないんだ。だから、監督に何かを交渉しても、それがうまく通らない。

みなみは、表情にこそ出さなかったけれど、とても落ち込んだ気持ちで、加地のその言葉を聞いていた。そして、自分のマネジメントの至らなさに、滅多に陥ることのない自己嫌悪《けんお》にも陥った。

そうするうちに、慶一郎はとうとう七つ目の押し出しを与えた。そこで、試合は終了となった。

15

試合後、野球部はバスで学校へと帰ってきた。学校で、試合の反省会も兼ねたミーティングをするためだ。公式戦の後は、いつも学校でミーティングをするのが習わしとなっていた。

その戻る道すがら、みなみは早くも気持ちを切り替えていた。試合直後は、加地への交渉がうまくいかなかったことや、春の甲子園への道が断たれたことにショックを受けていたが、いつまでもくよくよしている彼女ではなかった。その帰りのバスの中では、早くも次の一手を考えていた。

みなみは、さっきの加地の話はやっぱり部員全員に伝えたいと考えていた。それも、一刻も早く伝える必要があると思った。特に、慶一郎のいる前で伝えたかった。そうしないと、何かが手遅れになりそうな気がしたのだ。何か大切なものが損なわれてしまいそうな気がした。

そこでみなみは、あることを計画し、バスの隣の席に座っていた文乃にそっと耳打ちした。

「この後、学校に戻ったらミーティングがあるでしょ」

「え？　あ、はい」

「そこで、ちょっと手伝ってほしいことがあるの」

「え？」と文乃は、いつものようにびっくりしたような顔でみなみを見た。「私にですか？」

「そう。これは文乃にしか頼めないことなの」

「え？　あ、はい……なんでしょう？」

「頃合いを見て、私が発言をするから、それに対して意見してほしいの」

「え、あ……はい。意見……ですか？」

「うん。私が手を挙げて『浅野くんは、わざとフォアボールを出したんじゃないですか？』って、みんなの前で発言するから、それに対して、『それは違うと思います』って言ってほしいの」

「えっ？」

みなみの計画はこうだった。

頃合いを見計らって、みなみが手を挙げて発言する。そこで、「今日の試合、浅野くんは、祐之助のエラーに怒ってわざとフォアボールを出したんじゃないですか？そうでなければ、あんなに突然押し出しを連発するはずがありません」と言う。

それに対して、文乃に「それは違います」と言ってもらうのだ。そうして、さっき加地から聞いたばかりの、「フォアボールを出したくて出すピッチャーは、この世に一人もいない」というのを、みんなの前で――慶一郎の前で、伝えてもらう。

それが稚拙なやり方だというのは、みなみにも分かっていた。へたをすれば、猿芝居になって、野球部全体が白けた雰囲気になりかねない。

しかしみなみは、それでもいいと思った。

――やらないよりは、やった方がいい。それに、これ以上のアイデアが思い浮かばないのだから、今の私にはこれが最善の策なのだ。

そう開き直って、みなみは文乃にそれを伝えた。

　すると文乃は、その趣旨はすぐに理解したが、自分がその役割をこなせるかどうかということについては、大いに不安そうだった。

　しかしみなみが、これは文乃にしかできないことなんだ、これをやることによって、私や部のみんなを助けてほしい、祐之助を、監督を、誰より慶一郎を助けてほしい――と伝えると、最後には分かりましたと言って、小さく、しかし力強くうなずいた。


　学校に戻ると、早速ミーティングが始まった。

　ミーティングは、いつも空いている教室を使って行われ、キャプテンが取り仕切るのが習わしとなっていた。そして、キャプテンの総括から始められることになっていた。

　しかし、教壇に立ったキャプテンの星出純は、その総括をあっさりと終わらせてしまった。

「ええと……今日は、残念ながらコールドで負けてしまいましたが、しかし惜しい試合でした。以上です」

　そのため、もともと白けた雰囲気だったミーティングは、ますます白々しい空気に支配されるようになった。

純は、今度は自分のすぐ隣、教室の一番前の窓際《まどぎわ》の席に腰かけていた加地に向かってこう言った。

「では、監督、お願いします」

キャプテンの次は、監督が総括をする番だった。

しかし加地は、ちょっと話しにくそうに、しばらく椅子《いす》から立ちあがらなかった。

それでもようやく決心したのか、やがてゆっくりと立ちあがると、部員たちの方を振り向き、やっと聞き取れるほどの小さな声で、早口に話し始めた。

「今キャプテンも言ったように、今日はいい試合だったと思う。もう少し、もう少し早い回で相手を打ち崩せてたら、また違った展開になっていたかもしれない。そこだけが、少し残念だ。しかし、たらればを言っても仕方ない。みんな、今日はよくやったと思う。また、今日の試合で反省点もいくつか見えてきたはずだ。だから、それを踏まえて、今度は来年の夏を目指して、また新たな気持ちで頑張ろう」

そう言うと、さっさと椅子に戻って腕組みをし、またもとの他人事のような顔になった。

「……では、他に何か意見のある人」

純は、今度は教室に散らばって座っている部員たちを見回した。

みなみと文乃は、教室の一番後ろの廊下側——つまり加地からは最も離れた席に並んで腰かけていた。そこから、しばらく部員たちの様子を窺《うかが》っていたが、誰も発言する気配がなかったので、お互いに目配せをして、作戦の実行に移ろうとした。

ところが、その時だった。手を挙げた部員がいて、純はその部員を指名した。

「はい、柏木」

それは、キャッチャーの柏木次郎だった。立ちあがった次郎は、落ち着いた口調ではあったが、怒りをにじませた震える声で、こう話し始めた。

「おれは……おれはもう、浅野の球を受けるのがいやです」

それで、教室には一気に緊迫した空気がみなぎった。その中で、次郎の低い声音はなおも続いた。

「エラーは……エラーは誰にだってあります。確かに、あそこは、ちょっときつい場面だった。0対0の、緊迫した状況だった。だから、そこでエラーをされたことで、集中力が途切れるのは仕方ないと思った。それに、祐之助はこれが二回目というのもあったから、頭に来る気持ちも、分からないことはなかった」

「え、あ……」とみなみは思わず声をあげたが、次郎はかまわず、話し続けた。

「それでも、おれは……おれは、わざとフォアボールを出すなんて、絶対に許せないんだ」

次郎は、低い、落ち着いた声音ながら、怒りをにじませた、吐き捨てるような口調でそう言った。

「浅野は、野球を冒瀆《ぼうとく》している。いくら頭に来たからといって、ふてくされてチームを負けに追い込むなんて、ありえない。第一、練習にもまともに出てないのに、先発で投げるのがおかしい。チームで一番のピッチャーかもしれないけど、野球は、実力だけでするものじゃない。エースなら、それはやっぱりそれだけの責任があるんだ。それを果たさないようなやつに、投げる資格はない。とにかくおれは、もう二度と、浅野の球を受けたくはありません」

それを聞いて、みなみは文乃に素早く耳打ちした。

——ここは、計画を変更しよう。

みなみは、まずは私が発言するから、その後に続いてほしいと文乃に伝えた。私が、今の次郎の発言に異を唱えるから、文乃には、それをフォローしてほしい。そうして、当初計画したように、あれはわざとじゃないと言ってほしい。

この雰囲気でいきなり発言するのは、文乃にはさすがに荷が重いと思ったのだ。

文乃がそれにうなずくと、みなみは前を向き直って、手を挙げて発言しようとした。

すると、その時だった。

いきなり、教室に大きな声が響き渡った。

「そういうピッチャーはいないんだ！」

みなみは、びっくりして教室を見回した。

最初は、慶一郎が叫んだのかと思った。しかし、どうやらそうではないようだった。部員たちは、みんな慶一郎とは違う場所を見ていた。彼らは、全員が教室の前の方を見ていた。教室の、一番前の窓際の席で、いつの間にか立ちあがっている、監督の加地誠を見ていた。

加地は言った。

「フォ、フォアボールを出したくて出すピッチャーは、いないんだ！」

加地は、しどろもどろになりながら、教室の外にまで聞こえるような大きな声で、そう叫んだ。それから、驚きに押し黙る部員たちをにらむように見回すと、ふうふうと鼻息を荒くして、最後にもう一度こう言った。

「……フォ、フォアボールをわざと出すようなピッチャーは、う、う、うちのチームには一人もいない！」

それから、再び腕組みをして、どっかと音を立てて着席した。

どれくらい時間が経過しただろうか、誰も何も発言しなかった。席に座った加地も、教壇の純も、まだ立ったままの次郎も、その他の部員も、みなみと文乃も、ただ黙って、息を殺して、ことの成り行きを見守った。

その時だった。小さく、しかし鋭く、嗚咽《おえつ》のもれる音がした。続いて、しゃくりあげる声が響いたかと思うと、今度はすすり泣く声が聞こえてきた。

その声の主は、すぐに分かった。慶一郎だった。慶一郎が、席に座ったまま、肩を震わせて泣いていた。

誰も何も言えなかった。部員全員が息を殺したまま、その場で微動だにできずにいた。おかげで、慶一郎のその泣き声は、しばらく教室に響き渡ることとなった。

16

秋の大会をきっかけに、野球部は生まれ変わった。それは必ずしもみなみの意図したものではなかったが、本当にガラリと、新しい何かにと変化したのである。

特に、浅野慶一郎が変わった。彼はすっかり別人のようになった。

まず練習に出るようになった。あれほどサボっていたのが、今では毎日顔を出すようになった。それも、これまで一番だった二階正義より先に顔を出すようになった。

それから、無口になった。明るく、話し好きだったのが、静かに、黙々と練習に打ち込むようになった。

そんな慶一郎に、周りも影響を受けた。みんな、少しだけ熱心になった。少しだけ真面目になった。私語や怠けることも少なくなった。

野球部にはこの時、みなみが入部してから初めて、緊張感というものがみなぎり始めていた。

ところが、練習内容はこれまでと変わり映えしないものが続いていた。これまでやってきたルーティンワークを、ただ淡々とくり返すだけの、単調なものが続いていた。

そのため、部員たちの間には、ちょっとしたフラストレーションが溜《た》まった。みんな、明らかに物足りなさを感じていた。せっかく芽生えたやる気というものを、思う存分ぶつけられる場がなく、気持ちをくすぶらせていた。

それを見たみなみは、今こそが機会だととらえた。今こそがチャンスなのだ。今こそが「成長」の時なのだと、みなみは確信した。

『マネジメント』には、こうあった。

成長には準備が必要である。いつ機会が訪れるかは予測できない。準備しておかなければならない。準備ができていなければ、機会は去り、他所《よそ》へ行く。（二六二頁《ページ》）

準備はできていた。この時のために、野球部とは何かを定義し、目標を決め、マーケティングをしてきたのだ。「お見舞い面談」を実行し、顧客である部員たちの現実、欲求、価値を引き出してきた。

また、専門家である監督の通訳になった。部員たちの声を彼に伝え、彼の声を部員たちに届けてきた。彼の知識と能力を、全体の成果に結びつけようとした。彼のアウトプットを、他の人間の仕事に統合しようとしてきた。

準備はできていた。今が成長の時なのだ。

そこでみなみは、ある日監督の加地誠、キャプテンの星出純、マネージャーの北条文乃を呼び集め、臨時会議を開いた。そこで、練習方法の変革を提案した。

これについても、すでに準備は進めてあった。秋の大会が終わってすぐ、文乃に、新しい練習方法の骨子を、加地と話し合いながら作ってもらうよう頼んでおいたのだ。

みなみは、そこで文乃の「強み」を生かそうとした。

これまで接してきた中で、みなみは、文乃の強みは頭のよさや向学心、それに強情さの裏にある素直さだと見ていた。それらを、加地と協力して新しい練習メニューを作ってもらうことで、生かそうとしたのだ。

——人を生かす！

それが、この頃のみなみの口癖になっていた。一日二十四時間、どうやったら人を生かすことができるか、そのことばかりを考えていた。

人を生かすというのは、マネジメントの重要な役割の一つだった。『マネジメント』にはこうあった。

人のマネジメントとは、人の強みを発揮させることである。人は弱い。悲しいほどに弱い。問題を起こす。手続きや雑事を必要とする。人とは、費用であり、脅威である。

しかし人は、これらのことのゆえに雇われるのではない。人が雇われるのは、強みのゆえであり能力のゆえである。組織の目的は、人の強みを生産に結びつけ、人の弱みを中和することにある。（八〇頁）

初めてこれを読んだ時、みなみは驚きに目を見開かされた。「人の強みを発揮させる」という発想が、彼女の中にはこれまで全くなかったからだ。人間というものは、親しい友人以外は、ややこしくて、面倒で、じゃまなものだと思っていた。

しかし、『マネジメント』にはこうあった。

「人は最大の資産である」(七九頁)

——資産！

その考えに、みなみは興奮させられた。これまで、人をそんなふうにとらえたことはなかった。

例えば一年生女子マネージャーの北条文乃は、みなみにとって扱いにくく、面倒くさい存在であった。はっきり言って苦手だった。初めは負担でさえあり、できれば関わり合いたくなかった。

ところが、『マネジメント』を読んでいくうちに、その考えは変わっていった。

まず、彼女の強みに目が行くようになった。彼女のよい点ばかり探すようになった。当然だ。なぜなら、彼女の強みを生かさなければ、マネジメントの成功はありえないからだ！

そうした中で、頭のよさや向学心、強情さの裏にある素直さといった強みが見つかった。そこで今度は、どうやったらそれを生かせるか、どうやったら組織の生産に結びつけられるか、考えた。

その答えは、比較的簡単だった。

「監督だ！」とみなみはすぐに思いついた。文乃の強みを、監督に結びつけるのだ。

監督の加地誠は、いわゆる「専門家」だった。彼の中には、小中高大と長年培《つちか》ってきた、野球に関する膨大な知識が詰め込まれていた。また、東大にまで行きながらなお高校教師となって野球を続ける、強い情熱も保ち続けていた。しかし、それをアウトプットできる先が、ずっと見つからないでいた。その知識と情熱を成果に結びつけられず、加地自身も苦しんでいた。

そのアウトプット先として、みなみは、文乃を生かそうとしたのだ。

学力テストでは常にトップを独走する大秀才の文乃には、人並み以上の吸収力、理解力があった。彼女なら、加地が持つ、野球に関する膨大な知識や情熱も、面白いように吸収してくれるだろう。彼女なら、加地のよい通訳になる。また、よい生徒になる。秀才同士で、通じ合うところもあるはずだ。だから、加地のアウトプットを、組織の成果に結びつけることができる。

それは、文乃に成果をあげさせるということでもあった。同時に、彼女がお見舞い面談の時に言った「みんなの役に立ちたい」という欲求を満たすことでもあって、北条文乃という人間を生かすことにもつながった。

加地と一緒に新しい練習メニューを作ってもらったのには、そうした狙いがあった。またその際、みなみはあることをリクエストした。それは、「部員たちが出たくなるような練習メニューを作る」ということだった。

野球部にはこれまで、練習には出ても出なくてもいいという雰囲気があった。おかげで、慶一郎をはじめ多くの部員たちが、いつも当たり前のようにサボっていた。

みなみはそれを、単に規律がなかったり、部員たちの意識が低かったりするからだと思っていた。しかし、『マネジメント』を読む中で、もっと根本的な問題があることに気づかされた。

それは、野球部の練習にはそもそも魅力がない――ということだった。練習が面白くないから、部員たちはサボるのだ。

『マネジメント』には、こうあった。

企業の第一の機能としてのマーケティングは、今日あまりにも多くの企業で行われていない。言葉だけに終わっている。

消費者運動がこのことを示している。消費者運動が企業に要求しているものこそ、まさにマーケティングである。それは企業に対し、顧客の欲求、現実、価値からスタートせよと要求する。企業の目的は欲求の満足であると定義せよと要求する。収入の基盤を顧客への貢献に置けと要求する。マーケティングが長い間説かれてきたにもかかわらず、消費者運動が強力な大衆運動として出てきたということは、結局のところ、マーケティングが実践されてこなかったということである。消費者運動はマーケティングにとって恥である。（一六〜一七頁）

「消費者運動」とは、製品やサービスの改良を求めて、消費者が企業に働きかける運動のことである。代表的なものには、不買運動やボイコットなどがある。

これを読んで、みなみは気づかされた。

「部員たちが練習をサボっていたのは、『消費者運動』だったんだ。彼らは、練習をサボる――つまりボイコットすることによって、内容の改善を求めていたのだ」

そこでみなみは、文乃にこう頼んだ。

「これまでのマーケティングを生かして、部員たちがボイコットせず、思わず参加したくなるような、魅力的な練習メニューを作ってほしい」

第五章　みなみは人の強みを生かそうとした

17

みなみから、加地と協力して新しい練習メニューを作ってほしいと言われた時、文乃は初め、「そんなだいじなことを任されていいのか？」と驚いた。次いで、少し怖くなった。

――自分に、それができるだろうか？　高校からマネージャーになって、野球についてもそれほど詳しいわけではないのに、そんな大役が務まるのか？

しかし同時に、それとは別の感情が、身体《からだ》のうちから湧《わ》きあがってくるのを感じていた。

——そんな大きな仕事を、私に任せてくれるんだ……。

それは喜びだった。責任ある仕事を任されたことの、嬉《うれ》しさだった。人の役に立てるかもしれないということへの、大きな期待だった。

そこで文乃は、早速加地と協力して練習メニューの作成に取りかかった。

野球部の練習をなんとか生産的なものにする。やりがいのあるものにする。魅力的なものにして、部員たちが進んで参加できるようにする——それが、文乃に与えられた課題だった。

そのため彼女は、この課題をクリアするためにはどういうやり方で練習メニューを作ればいいか、考えた。

その時、ヒントになったことがあった。それは、秋の大会の試合前に、みなみが言った一言だった。

「浅野くんも、試合になるとサボりはしないのよね」

秋の大会まで、野球部エースの浅野慶一郎は、練習はよくサボるけれども、試合には当たり前のように出てきていた。また慶一郎だけではなく、それ以外の部員でも、試合をサボる者など一人もいなかった。それは、試合がそれだけ魅力的だからなのだろう。

だとしたら、その魅力を練習にも取り入れることができないか？　練習も、試合のように魅力的にすることはできないか？

そのために、まずは「試合の魅力とは何か？」を分析しようと、文乃は考えた。そこで、加地と二人で「試合にあって練習にないもの」は何か――というのを話し合った。

すると、いくつかのポイントが浮かびあがってきた。そこで二人は、それらをもとにさらに検討を重ね、みなみや夕紀、あるいは他の部員たちにも尋ねたりしながら、最終的に、次の三つの要素に絞り込んだ。

一――競争。

試合には、他人と競争することの魅力があった。それは、試合そのものもそうだし、攻撃や守備や走塁もそうだ。他人と競い、争う。そのことの緊張感や面白さが、試合にはあった。

一方、練習にはそれが少なかった。全くないわけではなかったが、多くの場合、他人と競争するというよりは、むしろ自分との戦いという部分が大きかった。

二――結果。

試合には、「結果が出る」という魅力があった。一打席一打席、打てたり打てなかったりという結果がすぐに出た。試合そのものも、勝ったり負けたりという結果がはっきり出た。それは、時に残酷でもあったが、その残酷さも含めて、白黒はっきりするところが試合の大きな魅力だった。

一方、練習は結果の見えにくいところがあった。例えば一人でランニングをしていると、勝ち負けというものがつかなかった。そのため、自分に力がついたかどうかはよく分からなかった。そこが練習のもどかしいところだった。

三——責任。

試合中の選手には、大きな責任が課せられていた。それは、慶一郎を見てきた中で、文乃が強く感じたことだった。

慶一郎が試合になると当たり前のように出てきたのには、「自分がいなければ試合は始まらない」という責任感があったからだ。一方練習には、そういう責任を感じにくかった。部員たちに、「おれがいなくても成り立つ」と思わせてしまうところがあった。だから、平気でサボることができたのだ。

これが、文乃と加地が分析した、試合にあって練習にない要素だった。

これらをもとに、二人は、今度は具体的な練習方法について話し合った。ポイントは、先に絞った三つの要素を、いかにして取り入れるかということだった。練習を、もっと競争を楽しめ、結果がすぐに出て、責任を感じられるものにする——ということだった。

そこで文乃は、一つのアイデアを提案した。それは「チーム制」の導入であった。

現在、野球部には、マネージャーを除くと二十名の部員がいる。これを三つのチームに分け、互いに競わせたらどうか。

例えばランニング練習だったら、ただ走らせるのではなく、タイムを計測して比べさせる。つまり、競争させる。そして、結果を出す。順位をはっきりと決める。それも、個人だけではなく、チームとしての順位を出す。個人のタイムが、チームの結果に反映されるようにする。そうすることで、各自に責任を持たせる。

この「チーム制」を軸に、文乃は新しい練習方法の骨子をまとめていった。骨子の完成後、文乃から提出されたそれを見たみなみは、心から感心した。文乃の考えた新しい練習方法が、自分の予想をはるかに上回る素晴らしい出来映えのものだったからだ。

特に、「チーム制」のアイデアに感心させられた。それによって、文乃たちが分析した、試合にあって練習にない三つの要素——「競争・結果・責任」を、同時に取り入れることに成功していたからだ。

さらに、そこには加地のアイデアもつけ加えられていた。それは、この「チーム制」の練習からはピッチャーの二人——浅野慶一郎と新見大輔を外す、というものだった。

そのことについて、加地はこう説明した。

「ピッチャーというのは、野球においては特別な存在なんだ。俗に『野球の勝敗は七割がピッチャーで決まる』と言われる。だから、他の部員たちと一緒に練習させるよりは、あえて別メニューを課し、特別扱いした方がいいと思うんだ」

そこには、二つの狙《ねら》いがあった。

一つは、もともとピッチャーの練習は、他の野手とは大きく異なっていたから、特別扱いした方が、運営がスムーズになるということ。

もう一つは、その方が、慶一郎と大輔により重い責任を課せられるということだった。特別扱いすることによって、ピッチャーであることの責任の重さを、二人に感じさせることを狙ったのだ。

そうして、チーム制の練習からは慶一郎と大輔の二人を外すことになった。そのうえで、残りの十八人を六人ずつに分け、三つのチームに編成してスタートしたのである。

18

この新しい練習方法は、初めからうまくいったわけではなかった。最初は多くのトラブルに見舞われた。取り組む選手たちには戸惑いがあったし、管理運営するみなみたちにも不手際《ふてぎわ》や予想外のできごとがあった。

しかし、部員たちからの反発というものはほとんどなかった。それは、秋の大会の敗戦をきっかけに、彼らに変化を求める機運が高まっていたからだ。やる気に火をつけられ、それをぶつけられる場を求めていた。

つまり、準備ができていたのだ。その準備ができていたところに、みなみは新しい練習方法を導入した。だからそれは、初めはなかなかうまくいかなかったけれども、部員たちからは積極的に、むしろ好意的に受け入れられたのである。

特に、それは浅野慶一郎に顕著だった。新しい練習方法の導入を発表した日――それは九月下旬のことだったが、監督の加地が、「ピッチャーの二人だけチーム制からは外し、別メニューで練習をさせる」ということを告げると、慶一郎の鼻が自尊心で大きくふくらむのを、みなみは見逃さなかった。

この日を境に、慶一郎の目の色はさらに変わった。新しい練習方法の導入で、彼はますます練習にのめり込むようになった。

慶一郎はすっかり人が変わったようになった。以前は、練習に出てきても仲間とおしゃべりばかりしていたのが、今では誰とも口を利《き》かなくなり、一人で黙々と練習に打ち込んでいるのだった。ほんの一月足らずで、彼は別人のようになった。

そんな慶一郎を見るにつけ、みなみは、部員たちの現実、欲求、価値に応《こた》えることの効果の大きさと、マネジメントがそれを果たすことの重要性を、より強く感じるようになった。そのため、現状に満足することなく、今ある練習方法をさらによくしていこうと、休むことなく改善に取り組んでいった。

そして、それにはやっぱり『マネジメント』が役に立った。『マネジメント』には、仕事を生産的なものにする方法が詳しく説明されていた。

仕事を生産的なものにするには、四つのものが必要である。すなわち、

①分析である。仕事に必要な作業と手順と条件を知らなければならない。

②総合である。作業を集めプロセスとして編成しなければならない。

③管理である。仕事のプロセスのなかに、方向づけ、質と量、基準と例外につ

いての管理手段を組み込まなければならない。

④道具である。（六二頁《ページ》）

これに従って、みなみと文乃、そして加地は、チーム制練習の改善に取り組んでいった。

この頃になると、ドラッカーの『マネジメント』は、加地や文乃も共有するマネジメントチームの基本テキストとなっていた。そのためここでも、まずは『マネジメント』の読み込みがみんなの間で行われた。そのうえで、そこに書かれていることの一つひとつについて、解釈を話し合いながら、具体的なやり方に落とし込んでいったのである。

三人は、まずは練習方法を徹底的に「分析」した。

毎日の練習が終わるたびに、その日足りなかったものは何か、あるいは不要だったものは何かを洗い出した。また、分析の指標の一つとして、定期的に練習試合を組むようにもなった。そこでの結果を、成長を測るデータとして活用しようとしたのだ。

そのため、この時期を境に、程高の練習試合数は大幅に増えることになった。

次に、そこで出てきた改革案を、今のチーム制練習の中に取り込んでいった。おかげで、練習方法は日ごとに変化し、すぐにスタート時とは大きく様変わりするようになった。

さらには、練習の運営に「管理」手段を盛り込んだ。まず、マネジメントチームが週ごとの目標を設定し、部員たちにそれを示した。次いで、それをもとに部員たちに練習方法を決めさせた。そうやって、部員たちに自己管理させるようにしたのだ。

これは、ドラッカーの提唱した「自己目標管理」という考え方に従ってのものだった。『マネジメント』にはこうあった。

目標管理の最大の利点は、自らの仕事ぶりをマネジメントできるようになることにある。自己管理は強い動機づけをもたらす。適当にこなすのではなく、最善を尽くす願望を起こさせる。したがって目標管理は、たとえマネジメント全体の方向づけを図り活動の統一性を実現するうえでは必要ないとしても、自己管理を可能とするうえで必要とされる。（一四〇頁）

この「自己目標管理」の効果は絶大だった。部員たちは、自らが練習方法を決めることで、これまで以上に強い動機づけを持ち、最善を尽くすようになったのだ。

最後は「道具」だった。練習をもっと生産的なものにするために、ありとあらゆる道具が吟味された。

この「道具」というのは、何も野球用具に限らなかった。それ以外のものも、役に立つものであれば大いに活用された。

その代表的なものの一つに、パソコンがあった。みなみは、集められた膨大なデータをパソコンで管理するようにした。また、スケジュール管理や連絡にはインターネットを用い、携帯電話も最大限駆使した。

おかげで、始めてから一ヶ月も経《た》つ頃には、練習はすっかり軌道に乗るようになった。みなみたちの忙しさは目も回るほどになったが、部員たちは、そこに確実に魅力を見出《みいだ》すようになり、いつの間にか練習をサボる生徒は一人もいなくなっていた。

それは皮肉なことだった。練習が魅力的になったことで、あれほど導入したいと考えていた「出欠を取る」という作業が不要になったのだ。

みなみは、「働きがい」というものの重要性をあらためて認識した。それはまるで「魔法の杖《つえ》」だった。『マネジメント』には、マネジメントは「魔法の杖ではない（三頁）」と書かれていたが、しかし「働きがい」というものは、人を動かす魔法の杖としか思えなかった。

働きがいについて、『マネジメント』にはこうあった。

働きがいを与えるには、仕事そのものに責任を持たせなければならない。（七四頁）

働きがいは、責任というものと表裏一体だった。

そこでみなみは、チーム制の練習の中に、さらに細かく「責任」を組織していくことに取り組んだ。

例えば、チームごとにリーダーを決め、それぞれの管理運営は、そのリーダーに任せるようにした。チームに何が足りないかを考えさせ、何をすべきかを話し合わせた。目標を決めたり練習方法を決めたりするのも、彼らに自己管理させた。

また、リーダー以外のメンバーには、それとは別の役割を与えた。

野球の練習は、主に攻撃、守備、走塁の三つに分類されるのだが、これらの担当を、それぞれ決めさせたのだ。チームごとに攻撃担当、守備担当、走塁担当を決め、それぞれの分野において、どうやったら上達できるのか、その成果に責任を持たせるようにしたのである。

例えば、ロードワークというランニング練習が行われていたが、この責任を走塁担当に持たせるようにした。

ロードワークは、学校の近くにある市立の大きな公園をランニングする練習である。そこでは、部員一人ひとりのタイムを測り、その合計でチームごとの成績を競わせていたのだが、どうやったらチームの成績があがるか、各チームの走塁担当に考えさせたのだ。

この走塁担当には、各チームの最も走るのが得意な人間をあたらせた。それは、彼らの知識や経験を、貴重な資源として生かすためである。

走るのが得意な人間は、どうやったら速く走れるかを知っている。走ることについて、他の部員以上の知識と経験がある。それを、チームのために生かしてもらおうとしたのだ。

『マネジメント』には、こうあった。

自らや作業者集団の職務の設計に責任を持たせることが成功するのは、彼らが唯《ゆい》一《いつ》の専門家である分野において、彼らの知識と経験が生かされるからである。

（七五頁）

この言葉に従って、みなみは、部員一人ひとりの知識と経験を、それぞれの専門分野で生かそうとしたのである。

これは、「人を生かす」ことの一環でもあった。部員たちは、自らの強みが生かされることによって、その役割に対する責任感をますます強めた。走塁担当者たちは、「自分は走りが得意だから任されたのだ」と思うことによって、ますますそこに責任と働きがいを感じるようになったのだ。

みなみたちは、こうした担当を部員全員に割り振った。そしてそれは、必ず「生産的な仕事」に結びつくよう心がけた。そこで「自分の仕事が組織の成果に結びついている」と実感できなければ、働きがいも生まれないからだ。

また、「自分の仕事が組織の成果に結びついている」と実感させるための、情報のフィードバックも欠かさなかった。

例えばロードワークだったら、成績の推移を記録し、グラフ化して渡すようにした。それは、チームごとの成績もそうだし、各部員についての成績もそうだった。そうやって、成果についての情報を積極的に与えることで、彼らの責任をより明確にさせたのである。

さらには、それに付随して学習の場を設けることにした。各チームの走塁担当を集め、どうすれば成果をあげられるか、勉強会を開かせた。

そこで各チームの走塁担当たちは、お互いライバル同士ではありながらも、どうやったら成績をあげることができるか、情報を交換し、話し合った。また、時にはそこに加地が加わって、彼の持っている知識や経験を彼らに伝えることもした。加地の使う言葉が専門的すぎてうまく伝わらない時には、文乃が通訳となってそれを仲介した。

野球部では、これを全《すべ》ての担当において行わせた。そのためフィードバックや勉強会など、ミーティングに割かれる時間は必然的に増えていった。

ほどなくして、週に一度はミーティングを一斉に行い、グラウンドでの練習は行わない日を設けることになった。それはやがて月曜日に定着するようになった。月曜日は、その週の目標を設定したり、告知したりする関係で都合がよかったからだ。そのため月曜日は、やがてＮＧＤ（ノー・グラウンド・デイ）と呼ばれるようになった。

19

秋が過ぎ、冬になった。やがて年が明け、みなみにとって、また他の二年生たちにとっても、最後の甲子園出場のチャンスとなる夏の大会まで、あと半年を切るようになった。

この頃になると、野球部には熱気と活気がみなぎるようになっていた。

宮田夕紀を中心としたお見舞い面談は夏以降も継続され、日々変化していく部員たちの現実、欲求、価値というものを、引き続き引き出していった。

そこで得られた情報をもとに、北条文乃が中心になって作った練習メニューには改善が加えられ、日々進化していった。おかげでそれは、かつてとは比べものにならないくらい洗練され、大きな効果をあげるようになった。定期的に計測しているデータのいずれもが、著しい伸びを示すようになった。

また、練習試合でも徐々に成果が出るようになった。実力の指標とするため、同じレベルの都立校と毎週対戦を組んでいたのだが、最初は勝ったり負けたりだったのが、少しずつ勝ち越すようになり、最近ではほとんど負けないようになった。

これらを受け、みなみは、マネジメントをさらに次のステップへと進ませることを決めた。

この頃になると、みなみも、野球部の実力というものを客観的に認識できるようになっていた。その中で、「甲子園に出場する」という目標が、程高にとっていかに困難かというのも、あらためて分かるようになった。

秋の大会で負けて以降、順調に実力を伸ばしてきたとはいえ、まだまだ甲子園に出場できるレベルにはなかった。また、この先このペースで実力を伸ばせたとしても、あと半年では、やっぱり甲子園出場レベルにまでは届きそうになかった。

それは、一言で言えば「常識外れ」だった。考えにくいことで、非現実的だった。だから、それを実現するためには、これまでのやり方をしていたのではだめだった。これまでのやり方を変え、何か別の、全く新しいことを始める必要があった。

その方策を、みなみはやはり『マネジメント』に求めた。『マネジメント』にはこうあった。


マーケティングだけでは企業としての成功はない。静的な経済には、企業は存在しえない。そこに存在しうるものは、手数料をもらうだけのブローカーか、何の価値も生まない投機家である。企業が存在しうるのは、成長する経済のみである。あるいは少なくとも、変化を当然とする経済においてのみである。そして企業こそ、この成長と変化のための機関である。

したがって企業の第二の機能は、イノベーションすなわち新しい満足を生みだすことである。経済的な財とサービスを供給するだけでなく、よりよく、より経済的な財とサービスを供給しなければならない。企業そのものは、より大きくなる必要はないが、常によりよくならなければならない。（一七〜一八頁）

イノベーション！

これが、みなみの取り組むべき新しい課題だった。イノベーションこそが、これまでの常識を捨て、新しい価値を打ち立てるということだった。これまでのやり方をガラリと変え、新しい何かを始めるということだった。

しかも、イノベーションが変えるのは「野球部」ではなかった。野球部を取り巻く、「高校野球界」の方だった。

『マネジメント』にはこうあった。

イノベーションとは、科学や技術そのものではなく価値である。組織のなかではなく、組織の外にもたらす変化である。イノベーションの尺度は、外の世界への影響である。（二六六〜二六七頁）

イノベーションは、組織の外――つまり野球部ではなく、野球部を取り巻く「高校野球界」にもたらす変化だった。古い常識を打ち壊し、新しい野球を創造することによって、高校野球界の常識を変えていくということだった。

みなみは、それしかないと考えていた。

――あと半年で、野球部を甲子園に出場できるレベルまで引きあげることはできない。だとしたら、野球部を甲子園に出場させるためには、野球部ではなく、高校野球の方を変えてしまう必要がある。

そこでみなみは、どうやったら高校野球を変えることができるかを考えた。その戦略についても、『マネジメント』にはちゃんと書かれていた。

これに対しイノベーションの戦略は、既存のものはすべて陳腐化すると仮定する。したがって既存事業についての戦略の指針が、よりよくより多くのものであるとすれば、イノベーションについての戦略の指針は、より新しくより違ったものでなければならない。

イノベーションの戦略の一歩は、古いもの、死につつあるもの、陳腐化したものを計画的かつ体系的に捨てることである。イノベーションを行う組織は、昨日を守るために時間と資源を使わない。昨日を捨ててこそ、資源、特に人材という貴重な資源を新しいもののために解放できる。（二六九頁）

野球部がイノベーションを実現するためには、まず、既存の高校野球は全て陳腐化すると仮定するところから始めなければならなかった。そのうえで、高校野球の古いもの、死につつあるもの、陳腐化したものを、計画的かつ体系的に捨てていく必要があった。

そこでみなみは、「何を捨てるか」ということについて、専門家である加地に聞いてみようと思った。しかしその前に、まずは彼の通訳である文乃に、高校野球の何を古いと考え、何を死につつあるものと思い、何を陳腐化したと見るか、あたってみた。

すると文乃は、それを『送りバント』と『ボール球を打たせる投球術』ではないか」と答えた。

この頃までに、文乃は加地の右腕のような存在となっていた。練習メニューの作成を通じ、加地と多くの時間を共有してきた彼女は、その膨大な知識と情熱を余すところなく吸収していた。頭がよく、また飲み込みも早い彼女は、その全てを受け取って、この頃には、加地の通訳というよりは、ほとんど分身のような存在になっていた。そのため、加地のいるところではもちろん、いないところでも、率先して加地の言葉や考えを伝えたり、時には練習を指導したりするまでになっていた。

そんな文乃が、加地が捨てるべきものと考えているのは、「送りバント」と「ボール球を打たせる投球術」だと言った。

まず「送りバント」は、打高投低が著しい現代野球にそぐわないものとなっている。みすみすアウトを一つ取られる割には効果が薄く、しかも失敗のリスクも大きい。

また、杓子《しゃくし》定規に送りバントをすることで、創造性が失われるのもいやだと、加地は考えていた。送りバントという作戦は、選手や監督の考え方を硬直させ、最近では野球をつまらなくさせる一因ともなっている。そのことが、人々の野球離れを招いていると、加地は危惧《きぐ》していた。

一方「ボール球を打たせる投球術」も、日本野球の悪《あ》しき慣習の一つだと、加地は考えていた。

「ボール球を打たせる投球術」とは、バッターにストライクではなくボール球を打たせようとするピッチングのことだ。ボール球で打ち気を誘い、凡打や空振りを狙うというやり方だ。

これは、高校野球に限らず、今やプロ野球でも一つの常識となっていた。いかにバッターを欺《あざむ》き、ストライクを投げずに打ち取るかというのが、ある種の美学のように語られたりもしていた。

しかしそれが、投手の伸び悩みを招いていると、加地は考えていた。ボール球を打たせることにこだわるあまり、キレや勢いというものがおろそかにされた。その弊害が、例えば北京《ペキン》オリンピックの野球競技に出た。北京オリンピックで、相手バッターにボール球を見送られ、また際《きわ》どいゾーンをボールと判定された日本投手は、なす術《すべ》もなく打ち込まれた。

さらに、「ボール球を打たせる投球術」には、いたずらにゲームを長引かせたり、考え方をせせこましくさせるといった、送りバントと同様に野球をつまらなくさせる弊害もあった。

文乃は、加地のそうした考えをみなみに伝えた。

それを聞いたみなみは、今度は加地と直接話してみることにした。文乃も同席し、いつものように空いている教室で行われたそのミーティングで、みなみはまず、こんなふうに切り出した。

「先生は、送りバントという作戦をどう思いますか？」

すると加地は、勢い込んで話し始めた。送りバントがいかに古びた戦法で、非合理的で、しかも野球をつまらなくさせているか、みなみが黙って聞いていると、加地は熱心にしゃべり続けた。

次に、「ボール球を打たせる投球術」についても尋ねると、やっぱり同じくらいの時間をかけてそれに答えた。そのやり方がいかにピッチャーの成長を妨げ、ひ弱にし、またゲームを長引かせ、面白くないものとさせているか、延々としゃべり続けた。

加地がさんざんしゃべったその後で、みなみは、今度は話題を変えて、こんなふうに尋ねた。

「ところで、甲子園の長い歴史の中で、それまでの常識を変え、新しい価値を打ち立てることに成功した監督はいますか？」

すると加地は、これについてもすぐに答えた。

「おれの知る限りだと、二人いる。一人は、池田高校を率いた蔦《つた》文也監督で、もう一人は、取手《とりで》二高を率いた木内幸男監督だ」

「この二人は、どういう常識を変えたんでしょうか？」

すると加地は、こう答えた。

徳島県立池田高校の蔦監督は、少ない得点を守り抜くというそれまでの「守りの野球」を変えた。一九八二年夏と一九八三年春、山彦打線を率いて連覇を果たした池田高校は、打って打って打ちまくるというスタイルで、高校野球に「攻撃野球」という新しい常識を打ち立てた。

一方、茨城県立取手二高の木内監督は、それまでの「管理野球」を打ち破った。目に見える数字だけで評価するのではなく、選手の気持ちや個性といったものを重視する、言うならば「心の野球」を打ち出した。その結果、桑田、清原という二人の偉大な選手を擁し、高校野球史上最強と謳《うた》われたPL学園を決勝で下し、全国制覇を成し遂げた。

この二人についても、加地は長い時間をかけてしゃべった。そして、最後にこうつけ加えた。

「この二人は、おれにとっても憧《あこが》れの存在なんだ。甲子園の歴史を振り返った時、伝説の名将としてまず名前が挙がるのが、この二人だからね」

しかしみなみは、実は加地がそう思っていることを知っていた。事前に、文乃から聞いていたからだ。

そのうえで、みなみは加地の目を真《ま》っ直《す》ぐに見つめると、こう言った。

「だったら、先生が三人目になりませんか？」

「え？」と加地は、きょとんとした顔になった。

「先生が、三人目の伝説の存在になるのです。先生のお話、とても興味深く聞かせていただきました。『送りバント』と『ボール球を打たせる投球術』、面白いですね。それを捨てることによって、もしかしたら、高校野球は変わるかもしれません。もしかしたら、高校野球にイノベーションを起こすことができるかもしれません。先生が、伝説の名将として、後々まで語り継がれるようになるかもしれません。だから、まずはどうやったら『送りバント』と『ボール球を打たせる投球術』を捨てることができるか、来週までにその方法を文乃と一緒に考えてきてください」

それだけ告げると、さっさとその教室を後にした。

20

三日後、部員全員を集めたミーティングで、加地は野球部の戦い方における新しい指針を発表した。「ノーバント・ノーボール作戦」と名づけられたそれは、その後の野球部における最も重要なイノベーション戦略となり、また戦術の一つともなった。

時を同じくして、みなみはもう一つの取り組みにも着手した。それは「社会の問題についての貢献」だった。

「社会の問題についての貢献」は、『マネジメント』の一番初めに書かれている「マネジメントの三つの役割」のうちの一つだった。『マネジメント』にはこうあった。

マネジメントには、自らの組織をして社会に貢献させるうえで三つの役割がある。それら三つの役割は、異質ではあるが同じように重要である。
①自らの組織に特有の使命を果たす。マネジメントは、組織に特有の使命、すなわちそれぞれの目的を果たすために存在する。
②仕事を通じて働く人たちを生かす。現代社会においては、組織こそ、一人ひとりの人間にとって、生計の資《かて》、社会的な地位、コミュニティとの絆《きずな》を手にし、自己実現を図る手段である。当然、働く人を生かすことが重要な意味を持つ。
③自らが社会に与える影響を処理するとともに、社会の問題について貢献する。マネジメントには、自らの組織が社会に与える影響を処理するとともに、社会の問題の解決に貢献する役割がある。（九頁）

このうち、①と②にはすでに取り組んでいたのだが、③だけがまだ手つかずだった。だから、早くから取りかかりたいとは思っていたのだが、しかしこれまで、なかなか手をつけられないでいた。

それは、他が忙しかったからというのもあるが、一番の理由は、どう手をつけたらいいかよく分からなかったからだ。この時まで、みなみは、野球部がどう社会の問題に貢献したらいいのか、具体的な方法を見つけられずにいた。

社会の問題について貢献するにあたり、みなみはまず「社会」とは何かを考えた。そして、広い意味ではこの世界そのものだが、一番は「学校」だろうと考えた。野球部が所属する都立程久保高校が、野球部にとって一番身近な「社会」だと結論づけた。

そのうえで、ではどうすればその「学校」に貢献できるかということを考えた。すると、真っ先に思いついたのは、校内清掃といった奉仕活動に従事することだった。

しかしこれは、今一つピンと来なかった。もちろん悪くはないのだが、野球部の強みを生かせていないと思ったのだ。

マネジメントを進める中で、みなみは「人を生かす」ことの重要性、その力の大きさをまざまざと見せつけられてきた。夕紀、文乃、慶一郎など、その例は枚挙にいとまがないが、一番顕著だったのは監督である加地誠のケースだった。

加地はこれまで、その野球に対する膨大な知識と情熱を野球部の指導に生かせないでいた。だから、指導もおざなりで、情熱に欠けるものとなっていた。消極的で、覇気がなく、ちっとも生き生きしていなかった。

ところが、文乃という「通訳」を得たことによって、自らの知識や情熱が組織の成果に結びつくようになったとたん、熱心に指導するようになった。何事にも積極的に取り組み、情熱的になった。加地自身、生き生きとするようになったのだ。

そんなふうに、学校に貢献するにしても、野球部の強みを生かせるものにしたいと、みなみは考えていた。野球部の強みを生かし、野球部そのものが生き生きできるものにしたいと思った。

そんな折、思わぬところからアイデアを得た。それは朽木文明だった。部一番の俊足を誇る半面、走塁以外の成績がパッとしないことから、自分がレギュラー選手であることに疑問を感じ、部を辞めようかと悩んでいた部員だ。

その文明が、会ってほしい人がいるのだという。聞くと、それは小島沙也香《さやか》という女子生徒で、陸上部の女子キャプテンだということだった。

それを聞いて、みなみは初め、陸上部に移籍することを決めた文明が、そのことを告げに来たのかと思った。しかし、それならなぜ女子のキャプテンが来るのかと疑問に思ったのだが、いざ沙也香に会ってみると、そういう話ではないことが分かった。

沙也香は、こんなふうに切り出してきた。

「どうして野球部のみんなは、あんなに真面目《まじめ》に練習するようになったの？」。彼女は、真剣な眼差《まなざ》しでそう尋ねた。「そのことをどうしても知りたくて、朽木くんに尋ねたら、あなたに聞いてみたらって言われたの」

みなみは知らなかったのだが、この頃までに、野球部の変化は校内ではちょっとした話題になっていたらしい。練習への出席率があれほど悪かったのが、今ではみんな当たり前のように出てくるようになった。それも積極的に、むしろ楽しそうに取り組むようになった。それが、他の部からは興味の的となっていたのだ。

沙也香は、その秘訣《ひけつ》を聞きに来たのである。陸上部も、以前の野球部と同様に、部員の練習への出席率の低さに悩んでいた。

そこでみなみは、これまで取り組んできたマネジメントについてのあらましを話して聞かせたのだが、その時にふと、一つのアイデアが閃《ひらめ》いたのだ。

それは、自分たちが取り組んできたマネジメントの方法を、野球部以外にも広げてみてはどうか、というものだった。マネジメントを通じて、他の部にも貢献する。マネジメントによって、他の部の部員たちをも生かす。そうすることで、社会の問題について貢献しようとしたのだ。

陸上部以外にも、マネジメントに問題を抱えている部活動は多かった。だから、ドラッカーの『マネジメント』から得た知識と、これまでの経験を生かして、その問題解決に取り組めば、社会の問題について貢献することにつながるのではないか——そう考えたみなみは、部活動におけるマネジメントのコンサルタントを始めることにしたのだった。

するとそれは、すぐに評判となった。コンサルティングの依頼は陸上部にとどまらず、他の部のキャプテンやマネージャーからも相次ぐようになった。それらに対し、みなみは一つひとつ丁寧に応《こた》えていった。そうして、彼らに成果をあげさせ、学校という社会の問題解決に貢献していったのである。

その取り組みは、いくつかの部で着実に成果をあげていった。

陸上部では、各部員に責任を分け与えることで練習への出席率をあげることに成功した。柔道部では、チーム制練習の導入で体力測定の数値があがった。家庭科部では、フィードバックの仕組みを構築することで部員の取り組み方が積極的になり、調理のレベルが向上した。吹奏楽部では、各人の強みを生かす編成に変えたところ、みんなが生き生きとするようになり、演奏の質もぐっとあがった。

さらにみなみは、マネジメントを通じ、より大きな問題の解決にも取り組んだ。それは、学校の問題児たちをマネージャーとして野球部に入部させるということだった。

程高は、偏差値が六十を超える進学校だったから、目立った不良はいなかった。それでも、問題を起こす生徒はいて、許される範囲を超えて化粧をしたり、夜の盛り場をうろついたり、落ちこぼれて学校に来なくなったりする女子生徒たちがいた。

みなみは、そういう問題児たちに狙いを定め、野球部のマネージャーに勧誘していったのだ。

そこには、二つの狙いがあった。

一つは、マネジメントの仕事が増えるのに伴って足りなくなってきた人手を補おうとしたこと。もう一つは、そういう生徒たちを働きがいのある仕事に就かせることで、問題を起こさせないようにしたのだ。

問題を起こす生徒というのは、たいてい部活動に所属していなかった。そしてたいてい、日々の生活の中で、やりがいのある何かを見つけられずにいた。

だから、働きがいのある仕事を与えられれば、問題を起こさなくなるのではないか――そう考えたのである。そして、彼らが問題を起こさなくなれば、それは学校への貢献にもつながると考えた。

そうしてみなみは、狙いを定めた問題児たちに次々と声をかけ、三学期が終わる頃までには、新たに三人の女子マネージャーを入部させたのである。

第六章　みなみはイノベーションに取り組んだ

21

　三月に入って、野球部には二つの大きなできごとがあった。

　一つは、病気で入院している宮田夕紀が手術をしたこと。これは、本来なら昨年の暮れにする予定だったのが、彼女の体調が思わしくなくて延び延びになっていたものだった。

　夕紀の手術は、それほど難しいものではなかったらしい。それでも、慎重を期して、体調が回復するのを待って行われた。おかげで、手術自体は無事終わり、とにもかくにも、治療は一歩前進することとなった。

手術が終わってから三日後の卒業式の日、この日は練習が休みだったので、みなみは夕紀をお見舞いに訪れることにした。ところが、病院へ向かうバスの中で、思わぬ人物と遭遇した。

それは、キャッチャーの柏木次郎だった。次郎も、やっぱり夕紀をお見舞いに行くところだった。

後からバスに乗り込んできた次郎は、みなみを見つけると、空いていた隣の席に座った。

「よう」

そう声をかけた次郎に対し、しかしみなみは、「こんにちは」と他人行儀に返事をしただけで、後は目を合わそうとしなかった。そのため次郎も、それ以上は何も言えず、二人は病院に着くまでほとんど会話を交わさなかった。

病院に着き、二人が病室に入ると、そこにも意外な人物がいた。一年生の桜井祐之助だった。彼は、ベッドの夕紀と何やら話し込んでいたが、入ってきた二人を見るとちょっと慌《あわ》てたように立ちあがって、そそくさと帰り支度を始めた。

それを見て、みなみは「おじゃまだったかしら？」と言った。すると祐之助は、顔を真っ赤にして、挨拶《あいさつ》もそこそこに出ていってしまった。

それを見送ったみなみは、今度はベッドに寝ている夕紀に「本当におじゃまだった？」と聞いた。

すると夕紀は、手術直後でさすがに声は弱々しかったが、それでもおかしそうにくすくす笑いながら言った。

「からかっちゃダメよ。彼、そういうの苦手なんだから」

「あいつ、よく来るの？」。そう尋ねたのは次郎だった。

「うん、たまにね。ほら、去年の秋、また彼がエラーをして負けたでしょ。その時、みなみがメールくれたの。彼のこと、フォローしてやってくれって。それ以来、ちょくちょく連絡を取り合うようになったかな」

すると、みなみが驚いたような顔をして言った。

「私、そんなこと頼んだっけ？」

それで、今度は夕紀が目を丸くした。「え、覚えてないの？」

「全然」

それに対し、夕紀は「みなみらしいなあ」と微笑《ほほえ》んだ。それから、今度はみなみと次郎を交互に見比べると、こう言った。

「そっちこそ、珍しいじゃん。二人で一緒に来るなんて」

「一緒に来たわけじゃないのよ」と、みなみは真剣な顔をして答えた。「バスでたまたま一緒になっただけ」

それで夕紀は、またおかしそうにくすくす笑うと、こう言った。

「でも、こうして三人で揃《そろ》うと、なんかホッとする。昔を思い出すね」

「確かにそうだなあ」と答えたのは次郎だった。しかしみなみは黙ったままで、何も言おうとはしなかった。

それから三人は、しばらくさっき終わったばかりの卒業式のこととか、学校のこととか、野球部のことなどを話した。ただ、この日は夕紀がまだあまり元気そうではなかったので、みなみと次郎は早々に引きあげることにした。

帰り道、二人はまたしても一緒のバスに乗ったのだけれど、やっぱりずっと無言だった。

ところが、とあるバス停に差しかかった時だった。次郎が、こんなふうに切り出した。

「あ、ほら、あそこ。見えてきた」

「え？」

次郎は、窓の外を指差しながら言った。「ほら、あれだよ。前に、二人でよく来たじゃん。懐《なつ》かしいなぁ」

それでみなみが外を見てみると、そこにはバッティングセンターがあった。

「あ……」とみなみは、それでまたちょっと苦い顔になった。しかし次郎は、なおも続けた。

「そうだ。今からちょっと行ってみない？　久し振りだし」

それに対し、みなみはやっぱり黙っていた。そのため次郎も、「まあ、いやならいいんだけどさ」と言って、それ以上は何も言わなかった。

ところが、バスがそのバッティングセンターにいよいよ近づいてきた時だった。不意に次郎の方を向いたみなみは、こう言った。

「別に、いいよ」

「お」、と次郎は意外そうな顔になったが、すぐに「よし」と言うと、降車のボタンを押したのだった。

バスを降りると、二人は歩いてすぐのところにあるそのバッティングセンターへと入っていった。

中に入った二人は、受付でプリペイドカードを買うと、みなみは一番奥のブースへ、次郎はその手前のブースへと入った。プリペイドカードを機械に差し込み、スピードや球種の調整をすると、バッターボックスに立って、ピッチングマシンと相対した。

やがて、マシンからボールが投げ出された。するとみなみは、その初球をきれいに弾《はじ》き返した。打球は、右方向へ糸を引くように伸びていった。

それを見て、次郎は思わず「おお」と声をあげた。しかしみなみは、それにはなんの反応も見せず、次の投球動作に入ったピッチングマシンに集中した。

続いて、ボールが次々と投げ出されてきた。それらを打ち返しながら、みなみは、子供の頃のことを思い出していた。

子供の頃、みなみは野球少女だった。野球好きだった父の影響で、物心つく前からバットとボールに慣れ親しんで育った。小学校にあがってからは、地域の少年野球チームに所属し、本格的にプレーするようになった。男の子たちに交じって、毎日練習に励んでいたのである。

みなみは、三人姉妹の三女だった。みなみの父は、息子が生まれたらプロ野球選手に育てたいという夢を持っていた。しかし、生まれてくる子供生まれてくる子供女の子で、最後の望みを託したみなみもやはり女の子だった。それで、彼の夢もついえたかに思えた。

ところが、諦《あきら》めきれなかったみなみの父は、そこで末っ子の彼女に野球を教え始めたのである。すると、もともと素直で、また運動神経もよかった彼女は、めきめきとその実力を伸ばしていった。やがて小学校にあがり、地域の少年野球チームに所属するようになってからは、中心選手として活躍するまでになった。

柏木次郎は、その時のチームメイトだった。みなみと次郎は、もともと家も近所で、夕紀も含めて幼なじみだった。小さい頃は、よくお互いの家を行き来していた。また、チームメイトになってからは、よく一緒に練習もした。このバッティングセンターには、その頃に二人で何度も来ていたのである。

当時のみなみは、発育が早かったこともあって、バッティングも守備も、次郎より一枚も二枚も上手だった。彼女は、次郎がまだ補欠だった四年生の頃からレギュラーを張っていた。そのため、どこか次郎を下に見ているところもあった。

この頃、みなみは本気でプロ野球選手を目指していた。小学校の文集には、将来の夢の欄に「プロ野球選手」と書いたし、父親にもよくこんな質問をした。

「私はプロ野球選手になれる？」

すると父は、決まっていつも「ああ、なれるさ」と答えた。そうして一言、「この先も、一生懸命練習すればね」とつけ加えるのだった。

だからみなみは、ますます野球にのめり込んだ。プロ野球選手になることを夢見て、日夜練習に励んだのである。

みなみのピークは小学五年生の時だった。この時の市の大会で、レギュラーで六番を打っていた彼女は、決勝戦でサヨナラヒットを打ったのだ。

ところが、その後、伸び悩んでしまう。周囲の男の子に比べ、成長が遅くなったのだ。

その違いは、六年生には決定的になる。思春期を迎え、身体《からだ》に大きな変化が訪れるようになってからは、もう以前のようにプレーすることはできなくなっていた。ちょうどその頃、めきめきと実力を伸ばしレギュラー入りした次郎とは対照的に、とうとうレギュラーから外されてしまうのである。

そこでようやく、みなみは何かがおかしいということに気づき始める。自分と周囲の男の子との間には、明らかに大きな違いがある。

今思うと当たり前のことなのだけれど、みなみは、この時までそれに気づかなかった。身体の発育は早かったのだが、そうしたことには奥手だったのである。

そこでみなみは、父にこう尋ねてみた。

「私は、プロ野球選手にはなれないの？」

すると、いつもはニコニコ笑って「なれるよ」と答えていた父が、この時ばかりは苦笑いのような表情を浮かべ、それには何も答えなかった。そこでみなみは、今度は隣で聞いていた母親に、同じ質問をしてみた。しかし彼女も、やっぱり悲しそうな顔をしてこちらを見返すばかりで、何も答えようとはしなかった。

そこでみなみは、初めて気づかされた。

――私の夢は、初めから叶《かな》わないものだったんだ……。

そして、こう思って絶望した。

――私だけが、知らなかったんだ。

この時の反動で、みなみは野球が嫌いになったのだった。そればかりか、強く憎むようにさえなった。それは、野球に裏切られたような気持ちだったからだ。あるいは、野球によって人生をめちゃくちゃにされたような思いでもあった。

両親との関係は、この時のことがもとでぎこちなくなってしまった。また次郎との間にも、ぬぐいがたいわだかまりが生まれた。自分より下に見ていた彼が、自分以上に上手《うま》くプレーをすることが、どうしても受け入れられなかったのだ。

さらには、野球に関する全《すべ》ての思い出も——市の大会の決勝でサヨナラヒットを打ったことまで含めて——つらい記憶に変わってしまった。だから、野球をするのはもちろんのこと、関わることさえ拒むようになったのである。

この時みなみは、夢と、家族と、友人と、そして思い出を、いっぺんに失ってしまったのだった。だから、そのショックは大きく、心にぽっかりと穴が開いたようになってしまい、しばらく何も手につかなくなった。

そんな時、支えになってくれたのが夕紀だった。彼女は、失意のどん底にあったみなみを、ただただ受け入れてくれた。みなみのそばにいて、何も言わず見守ってくれた。時には、泣いている肩をやさしく抱いてくれもした。みなみの心にぽっかりと開いた穴を、友情の水で満たしてくれた。

その時のことがあったから、みなみは、夕紀のことを一生裏切れないと思っていた。夕紀だけは、何かあったら助けよう——恩返ししようと、その時固く心に誓った。だから、夕紀が病気になって長い間入院しなければならないと分かった時には、マネージャーになって彼女の留守を守ろうと思った。そうして、夕紀が帰ってくるまで安心してもらおうと思ったのだ。

またそこで、せっかくなら野球部を甲子園に連れていこうと考えた。そうすることで、夕紀に喜んでもらおうとしたのだ。あるいは、もし野球部が甲子園に行ければ、夕紀もそれに勇気づけられ、病気が全快するかもしれない――そんなふうにも考えた。だから、みなみは野球部のマネジメントに全力で取り組んできたのである。彼女にとっては、野球部を甲子園へ連れていくことが、夕紀への恩返しであり、また彼女の病気を治すことでもあったのだ。

十分後、打ち終わったみなみがロビーで休んでいると、次郎が飲み物を買ってきてくれた。それで、みなみがお金を出そうとすると、次郎はいいよと言って受け取らなかった。するとみなみも、この時は素直に「ありがとう」と言い、もらったそれを飲み始めた。

そんなみなみに、次郎が言った。

「おまえ、やっぱまだいけるね」

「……」

「やっぱ、忘れてないもんだな。だって、もう何年ぶり？　五年くらいか。とても、そうは見えなかったけどな」

「……」

「さっきの流し打ちなんて、すごかったじゃん。昔を思い出したよ。そうだ、覚えてる？　おまえが昔、市の大会の決勝戦で――」

「それはいいよ」

みなみは、次郎の言葉を遮るように言った。

「え？」

「その話は、もういいから」

「……そうか」

しばらくの沈黙の後、次郎が再び口を開いた。

「まあいいよ。おまえが何をどう考え、昔のことをどう思っていようと、おまえがやってることは、大したもんだよ」

「え？」とみなみは、次郎のことをきょとんとした顔で見つめた。

しかし次郎は、そんなみなみを真剣な眼差《まなざ》しで見つめ返すと、こう言った。

「これは本気で言ってるんだぜ。おれは、本当におまえを大したやつだと思ってるんだ」

しかしみなみは、すぐにまた視線をそらすと何も返事をしなかった。

そうしてこの日、二人はほとんどしゃべらないまま、再びバスに乗り込むと、家の近所で別れたのだった。

22

野球部に起きたもう一つのできごとは、二階正義がマネジメントチームに加わったことだった。以前から、みなみは正義をマネジメントチームに引き入れたいと考え、何度かそのことを持ちかけたことがあった。

しかしこれまでは、正義がそれを頑《かたく》なに拒んできた。というのも、正義は正義で、せっかく野球部に入ったのだから、あくまでも一選手としてレギュラーを目指したいという、強い思いがあったからだ。たとえ誰より下手であっても——いや下手だからこそ、実力で勝負したいというこだわりがあった。

そのことを知って以降は、みなみも正義をマネジメントチームに引き入れようとはしなかった。それでも、マネジメントについて相談したり、アドバイスを求めたりすることはずっとしていた。みなみの近くにいる人間で、ドラッカーに詳しく、またマネジメントに造詣《ぞうけい》が深いのは、正義をおいて他にいなかったからだ。

しかし皮肉なことに、正義がマネジメントについてアドバイスすればするほど——

みなみのマネジメントが進めば進むほど、部員たちの実力は向上した。おかげで、正義が選手になれる可能性は一向にふくらまなかった。もちろん、正義も実力を伸ばしていたのだけれど、他の部員たちの伸びはそれ以上だったのだ。

そんなある日、みなみがいつものようにマネジメントについての相談をしていると、不意に彼女の顔をまじまじと見つめた正義は、こんなふうに切り出してきた。

「あのさ……」

「ん？」

と、それで正義の様子がいつもと違うことに気づいたみなみも、彼の顔をまじまじと見返した。すると、その視線を避けるかのように横を向いた正義は、言い淀《よど》むようにして少し沈黙した。それでも、みなみが黙って待っていると、やがて視線を戻してこう言った。

「おれにも、マネジメントを手伝わせてくれないか？」

こうして、それまで監督の加地、キャプテンの星出、それにみなみと文乃と三人の新人マネージャーを加えた七人で行っていたマネジメント会議に、正義も定期的に参加するようになったのだった。

すると正義は、そこでさまざまな取り組みを提案していった。これまで溜《た》めてきたものを一気に吐き出すかのように、次々とアイデアを提案し、またその実行にと動いていった。

正義は、もともと起業家になりたいと思って野球部に入ったほどで、何かを経営することに対する知識と情熱には人並み以上のものがあった。彼には、マネジメントについてのさまざまなアイデアがあり、またそれを実行に移す強い意志と行動力も備わっていた。

正義はまず、「他の部との合同練習」というアイデアを打ち出した。それは、みながコンサルティングを受け持っていたいくつかの部に対し、練習への協力を要請しようというものだった。

例えば、陸上部に対しては、野球部の「走力向上」についての協力を要請しようと提案した。

その頃、野球部の課題の一つに「走力向上」があった。加地が打ち出した「ノーバント・ノーボール作戦」により、今後は送りバントをしないことが決められたのだが、それに伴って、盗塁やエンドランを重視するという方針が打ち出された。そこで、部員たちの走力向上が次の課題となっていたのだが、それを、陸上部と協力して進めたらどうかと、正義は提案したのだ。

彼のアイデアはこうだった。

野球部と陸上部は、みなみのコンサルティングを通じて良好な関係にある。その延長で、女子キャプテンの小島沙也香に、野球部員への走り方の指導をお願いするのだ。彼女は短距離が専門だから、きっといい指導をしてくれるはずだ。これは、野球部にとってメリットが大きいのはもちろん、沙也香にとってもメリットになるはずだ。なぜなら、彼女の強みが生かされることによって、彼女自身を生かすことにもつながるからだ。

『マネジメント』には、「マネジメントの正統性」について、こんな記述があった。

そのような正統性の根拠は一つしかない。すなわち、人の強みを生産的なものにすることである。これが組織の目的である。したがって、マネジメントの権限の基盤となる正統性である。組織とは、個としての人間一人ひとりに対して、また社会を構成する一人ひとりの人間に対して、何らかの貢献を行わせ、自己実現させるための手段である。（二七五～二七六頁《ページ》）

正義の提案は、沙也香の強みを生産的なものにすることに他ならなかった。

そこでみなみは、このアイデアを沙也香に提案してみた。すると彼女は、これまでの関係もあってか、二つ返事で引き受けてくれた。そのためこれ以降、野球部では週に一度、沙也香の指導のもと、走力向上の練習が行われることになった。

正義のこの企画は、陸上部だけにとどまらなかった。

柔道部へは、柔道家のような粘り強い足腰を作るという目的で、ピッチャーの浅野慶一郎と新見大輔の二人を送り込んだ。そこで二人は、柔道部員たちと一緒に、畳の上で下半身の鍛錬に取り組んだ。

家庭科部には、定期的な料理の「試食役」を申し入れた。家庭科部で作った料理を、練習でおなかを空《す》かした野球部員たちに食べさせてほしいとお願いしたのだ。その代わり、詳細な感想——つまりフィードバックを伝え、料理の腕が向上するような仕組み作りを手伝うことを約束した。

その通り、試しに行ったその試食会で、正義は、部員たちの感想を詳細な資料にまとめあげ、グラフや分析などもつけ加えて提出した。するとそれは、家庭科部にとってはこれまでにない貴重なマーケティングデータとなったので、大いに喜ばれた。おかげでその試食会は、週に一度、定期的に開かれることが決まった。

吹奏楽部には、試合用の応援歌のアレンジを依頼した。これも、吹奏楽部にとってていこうということになり、その取りまとめは正義が担《にな》うことになった。

さらに正義は、みなみの進めてきた「社会の問題についての貢献」に関しても、その輪を学校内だけではなく、学校の外へと広げることを提案した。

正義はまず、地域の少年野球リーグに働きかけ、子供たちをグラウンドに招き、部員たちによる野球教室を開いてはどうかと提案した。

これについて、正義には一つの狙《ねら》いがあった。それは、子供たちを指導することで、部員たちの実力をも向上させる——というものだった。

そのヒントを、正義は陸上部の沙也香から得ていた。野球部では、少し前から沙也香による走り方の指導が行われていたのだが、これによって、野球部員たちはもちろん、教えていた沙也香自身の走力も向上したのだ。

「これは、自分でも驚いたんだけど——」と沙也香は語った。「私のタイムもあがったのよ。きっと、みんなに走り方を教えているうちに、走るということをあらためて見つめ直すことができたからだと思う。みんなの走りを見ていると、思いもよらないヒントを受け取ったり、アイデアが閃《ひらめ》いたりしたの。私は、教えることによって、逆にみんなから教わってもいたのね」

正義は、これを部員たちにも応用できないかと考えたのだ。部員たちにも、子供たちに野球を教えることによって、逆に子供たちから教わり、実力向上を図ってもらおう——そう考えた。

また、それとは別に正義は、近くの私立大学とも協力関係を構築することを提案した。その大学の野球部は、全国に名を轟《とどろ》かせた強豪で、部員の中には何人かの甲子園経験者も含まれていた。その甲子園経験者たちを学校に招き、講演をしてもらおうとしたのだ。そうして、部員たちに「甲子園に出場する」ということをもっとリアルに、もっと身近に感じてもらおうとした。

そんなふうに、正義は次から次へとアイデアを出していったのだが、それに対し、みなみはそのほとんどを、なんの注文もつけることなく後押ししていった。

みなみは、沙也香に話を取りつけたのを皮切りに、陰に日向《ひなた》にと働いて、正義の提案の実現を次々と手助けしていった。

そうした時に、みなみは、正義の打ち出してくるそれらのアイデアについて良《よ》し悪《あ》しを判断しないよう心がけた。時には疑問に思うものもないわけではなかったが、それを口には出さず、ほとんど無条件でその実行を手伝った。

それは、アイデアの良し悪しを判断するのは自分の役目ではないと思っていたからだ。

『マネジメント』にはこうあった。

あらゆる組織が、事なかれ主義の誘惑にさらされる。だが組織の健全さとは、高度の基準の要求である。目標管理が必要とされるのも、高度の基準が必要だからである。

成果とは何かを理解しなければならない。成果とは百発百中のことではない。百発百中は曲芸である。成果とは長期のものである。すなわち、まちがいや失敗をしない者を信用してはならないということである。それは、見せかけか、無難なこと、下らないことにしか手をつけない者である。成果とは打率である。弱みがないことを評価してはならない。そのようなことでは、意欲を失わせ、士気を損なう。人は、優れているほど多くのまちがいをおかす。優れているほど新しいことを試みる。（一四五～一四六頁）

みなみは、正義のやろうとしていることの良し悪しは分からなかったが、それが「新しいことを試み」ているというのはよく分かった。だから、彼の「意欲」や「士気」を大切にしようとしたのだ。

またそこには、もう一つの目論見《もくろみ》もあった。それは、野球部にチーム型の「トップマネジメント」を確立したいということだった。『マネジメント』にはこうあった。

トップマネジメントがチームとして機能するには、いくつかの厳しい条件を満たさなければならない。チームは単純ではない。仲のよさだけではうまく機能しない。人間関係に関わりなく、トップマネジメント・チームは機能しなければならない。

①トップマネジメントのメンバーは、それぞれの担当分野において最終的な決定権を持たなければならない。

②トップマネジメントのメンバーは、自らの担当以外の分野について意思決定を行ってはならない。ただちに担当のメンバーに回さなければならない。

③トップマネジメントのメンバーは、仲良くする必要はない。尊敬し合う必要もない。ただし、攻撃し合ってはならない。会議室の外で、互いのことをとやかく言ったり、批判したり、けなしたりしてはならない。ほめあうことさえしないほうがよい。

④トップマネジメントは委員会ではない。チームである。チームにはキャプテンがいる。キャプテンは、ボスではなくリーダーである。キャプテンの役割の重さは多様である。（一二八頁）

これに従って、みなみは、自分の担当以外の分野については、その意思決定を行わないようにしたのである。他のメンバーが担当することについては、最終決定権を彼らに持たせたのだ。

また、そうすることで自分の負担を減らすというメリットもそこにはあった。最終決定権を分担することで、みなみがしなければならない仕事は減り、おかげで、自分の担当分野にこれまで以上に集中して取り組めるようになった。責任を分担することには、そうした一石二鳥の効果もあったのである。

23

四月になって、新年度がスタートした。みなみたちはとうとう三年生になり、最後の夏の大会まで、あと三ヶ月あまりに迫った。

新年度になると、野球部にはまたいくつかの変化が訪れた。そのうちの一つは、新入部員が入ってきたことだ。

この年の入部希望者は、例年の約三倍にあたる三十二名にもなった。ほとんどなんの勧誘もしなかったのに、この人数は驚きだった。どうやら、野球部のマネジメントは、みなみたちの知る以上に大きな評判となっているらしかった。それを聞きつけた新入生たちが、大挙して押しかけてきたのだ。

しかしみなみは、これを単純に喜んだわけではなかった。組織の規模というのは、大きくなればいいというものではないからだ。『マネジメント』にはこうあった。

組織には、それ以下では存続できないという最小規模の限界が産業別、市場別にある。逆に、それを超えると、いかにマネジメントしようとも繁栄を続けられなくなるという最大規模の限度がある。（一三六頁）

また、こうも書かれていた。

市場において目指すべき地位は、最大ではなく最適である。（三一頁）

野球部が目指すべき規模は、「最大」ではなく「最適」だった。
そこでみなみは、「野球部に最適な規模」というのはどれくらいなのかを考えた。
その手がかりも、『マネジメント』の中にあった。

実は、規模についての最大の問題は組織の内部にあるのではない。マネジメントの限界にあるのでもない。最大の問題は、地域社会に比較して大きすぎることにある。
地域社会との関係において行動の自由が制約されるために、事業上あるいはマネジメント上必要な意思決定が行えなくなったときには、規模が大きすぎると見るべきである。地域社会に対する懸念《けねん》から、自らとその事業に害を与えることが明白なことを行わなければならなくなったときには、規模が大きすぎると見るべきである。（二四三〜二四四頁）

野球部の規模が大きくなることには、二つの懸念があった。
一つは、補欠選手が増えてしまうこと。高校野球は、試合に出られる人数も、ベンチに入れる人数も初めから決まっていた。だから、部員数が増えてしまえば、それだけ悔しい思いをしなければならない人間、つまり感動できない人間も増えてしまうのだ。これは、野球部の「顧客に感動を与えるための組織」という定義からは離れてしまうことにもつながった。

もう一つは、他の部の部員数が減ってしまうことだった。

野球部が大きくなりすぎると、他の部が部員不足に陥るという弊害を招く。これでは、「社会の問題について貢献する」というマネジメントの役割にはそぐわなくなってしまう。

しかもそれは、野球部の業績を下げることにもつながりかねなかった。組織というのは、市場を独占するよりも、力ある競争相手がいた方が、業績はあがるからだ。

『マネジメント』にはこうあった。

しかも急速に拡大しつつある市場、特に新しい市場においては、独占的な供給者の業績は、力のある競争相手がいる場合よりも劣ることが多い。矛盾と思われるかもしれない。事実、ほとんどの企業人がそのような考えをとっていない。しかし新市場、特に大きな新市場は、供給者が一社よりも複数であるほうが、はる

かに速く拡大する傾向がある。（三〇～三一頁）

だから、こうした弊害を招くような規模の拡大は、どうしても避ける必要があったのだ。

そこでみなみは、入部希望者をそのまま入部させるのではなく、まず会って話し合い、彼らの要望や希望を聞き出していった。そのうえで、彼らの現実、欲求、価値というものが野球部に適さないようであれば、他の部に入ることを勧めた。そうやって、野球部にとっても、また入部希望者一人ひとりにとっても、最適な道を探そうとしたのだ。

これは難しい作業になった。みなみがマネジメントに取り組んできた中で、最も困難な取り組みになったといってもよかった。『マネジメント』にはこうあった。

規模の不適切さは、トップマネジメントの直面する問題のうちもっとも困難である。自然に解決される問題ではない。勇気、真摯《しんし》さ、熟慮、行動を必要とする。（二四四頁）

また、こうも書かれていた。

真摯さを絶対視して、初めてまともな組織といえる。それはまず、人事に関わる決定において象徴的に表れる。真摯さは、とってつけるわけにはいかない。すでに身につけていなければならない。ごまかしがきかない。ともに働く者、特に部下に対しては、真摯であるかどうかは二、三週間でわかる。無知や無能、態度の悪さや頼りなさには、寛大たりうる。だが、真摯さの欠如は許さない。決して許さない。彼らはそのような者をマネジャーに選ぶことを許さない。（一四七頁）

この言葉を胸に、みなみたちは入部希望者との話し合いに、また規模の問題の解決に取り組んでいった。その結果、この年の新入部員は最終的に十二名になり、野球部の部員数は全部で三十八名となった。

新入部員たちが入ってくると、みなみたちはマネジメントの戦略を新たにする必要に迫られた。それは、組織の規模が大きくなったからだ。『マネジメント』にはこうあった。

規模は戦略に影響を及ぼす。逆に戦略も規模に影響を及ぼす。（一三六頁）

そこで、次に取り組んだのが「自己目標管理」だった。夏の大会までは、もう残りわずかだった。その限られた時間を有効に使うには、あらためて部員一人ひとりが自分で目標を管理することが必要だった。『マネジメント』にはこうあった。

マネジャーたるものは、上は社長から下は職長や事務主任にいたるまで、明確な目標を必要とする。目標がなければ混乱する。目標は自らの率いる部門があげるべき成果を明らかにしなければならない。他部門の目標達成の助けとなるべき貢献を明らかにしなければならない。（一三九頁）

この言葉に従って、みなみたちは、組織としてはもちろん、部員一人ひとりに対しても、詳細で具体的な目標を決めていった。

まず、宮田夕紀を中心にマーケティングの目標を決めた。これは、夏の予選が始まるまでにもう一度、お見舞い面談をするということとなった。しかも今度は、みなみは立ち会わず夕紀一人で行うことに決まった。夕紀が、これまで以上に大きな責任を担おうとしたためだ。

ただしそれは、予選前の三ヶ月間という長い時間をかけて行うこととなった。お見舞い面談は、これまで夏休みに一度、冬休み前後に一度行われていた。過去の二回は、だいたい一ヶ月をかけて行っていたのだが、今回は、三ヶ月をかけてゆっくり行おうということになったのだ。

これは、新入部員が入ったことや、夏の大会が差し迫ってスケジュール調整が難しくなったということもあったが、それ以上に、夕紀の体調を考慮してのことだった。

手術後の夕紀は、小康状態が続いていた。彼女の病気は、手術をしたからといってすぐに治癒《ちゆ》に向かうという種類のものではなかったらしい。ここからさらに投薬治療を続け、回復を図るということだった。

なんでも、何かの数値がもっと下がれば退院の目処《めど》が立つらしかった。そのためみなみは、その数値が夏の大会前までになんとか下がってくれることを祈った。夕紀には、どうしても夏の大会のベンチに入ってほしかったからだ。それはみなみの悲願だった。

次に、今度は文乃を中心に練習の目標を決めた。これは、野球部の定義である「感動を与える」ということや、部全体の目標である「甲子園に出る」ということ、あるいは指針である「ノーバント・ノーボール作戦」などに基づいて決められた。

また、それを決める際には「集中の目標」について考慮された。『マネジメント』にはこうあった。

これらマーケティングに関わる目標については、すでに多くの文献がある。しかしいずれも、これらの目標が、実は次の二つの基本的な意思決定の後でなければ設定できないことを十分強調していない。すなわち、集中の目標と市場地位の目標である。

古代の偉大な科学者アルキメデスは、「立つ場所を与えてくれれば世界を持ちあげてみせる」と言った。アルキメデスの言う「立つ場所」が、集中すべき分野である。集中することによって、初めて世界を持ちあげることができる。したがって集中の目標は、基本中の基本というべき重大な意思決定である。（二九頁）

野球部の練習には、集中するポイント、すなわち「立つ場所」が必要であった。夏の大会までに残された時間は、もうあと三ヶ月しかなかった。その中では、できることが限られていた。だから、何かに集中し、何かを捨てる必要があったのだ。

そこで文乃は、加地と話し合いながら、攻撃と守備について、それぞれ一つずつ集中するポイントを決めた。そのうえで、残りは全て捨て、ここから三ヶ月は、ただそれだけに集中することにしたのだった。

まず、攻撃のポイントを「ストライクとボールを見極める」ということに決めた。ストライクとボールを見極めるとは、つまり「ボール球に手を出さず、ストライクだけを打つ」ということだ。

これは、野球の初歩中の初歩であった。誰もが知っている基本中の基本だった。ボール球に手を出したのでは、自分にとって打ちにくくなるばかりか、相手投手のカウントを有利にもさせてしまう。それは、バッターにとって最も避けなければならないことの一つだった。

しかし、だからこそピッチャーは、それを狙ってくるのだ。微妙なところをついて、なんとかボール球を打たそうとする。それが、昨今の「ボール球を打たせる投球術」の流行にもつながっていた。

文乃には、それを打倒したいという気持ちがあった。もしボール球に手を出さないようになれば、「ボール球を打たせる投球術」は成り立たなくなる。それは、加地の打ち出した「ノーバント・ノーボール作戦」ともつながって、高校野球の一つの常識を打ち破ることにもなった。つまり、ここでもイノベーションを起こそうとしたのだ。

そのため野球部では、ボール球を見送る練習を集中して行うことになり、攻撃に関しては、それ以外の練習は一切捨てた。

続いて、守備のポイントを「エラーを恐れない」ということに決めた。

加地は、投手陣には「ノーボール作戦」という指針を打ち出していた。これは、ボール球を投げずに、全球ストライクで勝負するというものだ。だから、当然打ち返される可能性は高くなり、守備にかかる負担は大きくなることが予想された。

その際に、野手がエラーをすることはあまり問題ではなかった。それはもう避けられないと考えていたからだ。程高の守備を、残り三ヶ月で甲子園に出場できるレベルにまで引きあげるのは無理だった。どうしたって、エラーはつきまとうはずだった。

だから、そこでだいじなのは、エラーをしても浮き足立たないことだった。それを引きずって、連鎖反応を起こさないことだ。また、エラーを恐れて消極的な守備をしないことだった。

この「エラーを恐れない」ということが、程高が甲子園に出場するための大きな鍵《かぎ》になると、加地と文乃は考えていた。そこで、「エラーを恐れない」ことの練習を、徹底的にくり返すことにしたのだ。

具体的には、大胆な前進守備を練習させた。選手全員に、定位置よりも二歩も三歩も前で守らせた。

それは、エラーをすることの言い訳を、彼らに与えるためであった。前進守備をすれば、打球はその分早く到達することになるから、処理は当然難しくなる。だから、エラーをする確率も高まるのだけれど、それを指示したのが監督だとはっきりしていれば、エラーをしてもそれは監督の責任であり、選手に責任はないということになる。そのことが明確になっていれば、エラーをしても落ち込むケースは少なくなるだろうと考えたのだ。

また、前進守備によって気持ちを積極的にさせるという狙いもあった。姿勢を前のめりにさせ、どんな打球に対しても失敗を恐れずに突っ込んでいかせようとした。

そうして、これもやっぱり他の練習は一切行わず、ただただ前進守備の練習をくり返し行うようにしたのだった。

その一方で、ピッチャーには「打たせて取る」ことの練習に集中させた。

夏の大会において、投手にとって一番の敵となるのは、相手バッターではなく「疲れ」だった。容赦なく照りつける真夏の太陽によって、体力を奪われることだった。

試合を勝ち抜けば、そこに連戦の疲れが加わった。

これを解決するためには、スタミナを消耗しないことが一番だった。そしてそれには、球数を少なくし、マウンドにいる時間を短くする必要があった。

そのためには、打たせて取ることがだいじだった。そして、ボール球を投げないということも重要だった。それもあって、加地は「ノーボール作戦」を打ち出したのだ。遊び球を投げないことで、投球数を少なくさせようとしたのだ。

そこでピッチャーの二人――浅野慶一郎と新見大輔には、「打たせて取る」ことの練習が徹底的に課せられることとなった。

ボール球を投げずにバッターを「打たせて取る」ためには、低めへのコントロールと手元で鋭く曲がる変化球が求められた。これをものにするためには、強靭《きょうじん》かつ柔軟な足腰が必要だった。そのため二人には、下半身の鍛錬が徹底的に課せられた。

それは全く過酷なトレーニングだった。二人は、柔道部の練習に参加していたことに加え、他の部員が週に一度しか行わないロードワークを毎日行った。チーム制練習に参加していない分、その練習は孤独かつ責任の重いものとなった。

しかし、二人はこれによく耐えた。特に、慶一郎の取り組みはすさまじかった。彼はある時、加地から桑田真澄の伝説を聞かされた。元読売ジャイアンツのピッチャーだった桑田真澄は、ヒジを怪我《けが》して休んでいる間、ひたすら二軍の練習場を走った。グラウンドの同じところを、何度も何度も行き来した。おかげで、彼の走ったところだけ芝生がはがれ、くっきりとした跡が残った。そこはやがて「桑田ロード」と呼ばれるようになり、彼の伝説の一つとなった。

加地は、これと同じことを慶一郎に求めたのだ。学校の近くにあった公園の、同じところを何度も何度もくり返し行き来させた。そうして、彼だけの道を作るよう促したのである。

慶一郎は、これによく応《こた》えた。来る日も来る日も、同じ公園の同じところを、飽くことなく走り続けた。

あいにく、彼の走った跡は公園の管理人に見つかって、そこだけ芝生が張り替えられた。そのため、道ができることはなかったが、それでもそこは、「浅野コース」と呼ばれ、その後もずっと野球部のピッチャーが走る道として伝統的に受け継がれるようになった。

そんなふうに、部員個々の練習メニューを組んでいく一方、文乃は、女子マネージャーたちを組織して、リサーチチームを編成した。

野球部が「甲子園に出場する」という目標を達成するためには、対戦校の詳細なデータが必要不可欠であった。西東京は、行き当たりばったりに戦って勝ち抜けるような地区ではなかった。それに、野球部が取り組もうとしていた「ストライクとボールを見極める」という作戦には、相手投手の配球やクセを知ることが欠かせなかった。

そこで文乃は、元問題児の三人の女子マネージャーたちと、新人の一年生女子マネージャーたちに手分けさせ、対戦が予想される全ての学校の調査に取りかかった。合わせて六人になった彼女たちを、他校へと偵察に送り込み、データを収集していったのだ。

これは、思わぬ成果をあげることとなった。三人の元問題児たちが、大きな活躍を見せたのだ。

彼女たちは、いずれも行動力と度胸を持ち合わせていた。だから、普通なら立ち入るのがためらわれる他校の練習場へも積極的に出かけていき、その様子を詳細にレポートしてきた。また、交渉術にも長《た》けていたため、多くの学校で練習風景をビデオ撮影する許可も取りつけた。おかげで、持ち帰ったその映像を加地や文乃が分析でき、より綿密な対策を練ることができたのである。

24

夏の大会まで一ヶ月を切る頃になると、野球部にはさらなる変化が表れるようになった。それは最初、小さな兆《きざ》しにすぎなかった。しかしやがてみるみるうちに広まると、いつしか野球部全体を覆《おお》うようになった。

それは「社会からの影響」だった。野球部は、これまで社会の問題に貢献するようさまざまな取り組みをしてきたが、今度は逆に、社会から影響を受けるようになったのだ。

それは最初、毎週土曜日に行われていた少年野球教室で表れた。指導していたチームの一つが、地区大会で優勝したのである。すると、そのお礼に子供たちが手紙を書いてきてくれた。それも、部員一人ひとりに宛《あ》てて書いてくれたのである。

それは、部員たちにとって大きな刺激となった。彼らは、初めてもらう感謝の手紙に、大きな感動を味わったのだ。そこで彼らは、野球部のマネジメントチームが何度となく唱えてきた、「社会の問題について貢献する」ということや、「顧客に感動を与えるための組織」という野球部の定義の意味を、初めてまざまざと実感したのである。

続いて、近くの私立大学の野球部に所属する甲子園経験者を招いて開かれていた講演会でも、変化が起こった。

この講演会では、終わると必ず部員全員が感想文を書いて大学へ送るようにしていた。すると、それを喜んだ講演者の一人が、大学の練習に野球部を招いてくれたのである。そこで、部員たちを指導してくれたばかりか、非公式ではあったが練習試合までしてくれた。

これは異例のできごとだった。その大学は、全国大会でも何度か優勝したことのある名門だった。甲子園経験者が何人かいたし、過去には何人ものプロ野球選手を輩出していた。

そうした一流の大学と、無名の都立高が対戦させてもらったのだ。結果はもちろん大差で負けたのだが、一段高いレベルの野球に接することができたことは、部員たちにとっては他にはない貴重な学びの場となった。

こうした現象は、校外だけにとどまらなかった。野球部は、校内からも大きな影響を受けるようになった。

例えば、初めは週に一度だった家庭科部による料理の試食会は、今では毎日のように行われるようになった。また、天気のよい日には吹奏楽部がグラウンドまでやって来て、その場で応援歌を演奏してくれた。おかげで野球部の練習は、いつでも温かな料理と、賑《にぎ》やかな音楽にいろどられるようになった。ちょうどこの頃、グラウンドにはチアリーディング部までがやって来て、吹奏楽部の隣でたびたび練習するようになった。これは、実はみなみが裏でこっそり糸を引いていたのだけれど、おかげで部員たちは、その練習に一段と熱を入れざるをえなくなった。

こうして野球部は、夏の大会に向けて一層雰囲気を盛りあげていった。ここからの一ヶ月は、まさに怒濤《どとう》のように突き進んだ。部員たちは、かつて体験したことのないような質と量の練習を、かつて体験したことがないほどの集中力でこなしていった。

やがて七月になり、いよいよ、夏の大会まであと一週間と迫った。

その日、野球部では夏の大会のベンチ入り選手が発表されることになっていた。練習が終わった夕暮れ時、グラウンドのベンチの前に全ての部員が集合し、そこで、監督の加地の口から一人ひとり、ベンチ入り選手が発表されるとともに、背番号が配布されるのだ。

「これから、ベンチ入り選手を発表する。名前を呼ばれた者は、前に出て背番号を受け取るように」

その加地の言葉で、部員たちの間にはにわかに緊張が走った。ところが加地は、続けてこう告げた。

「その前に、ちょっと発表したいことがある。キャプテン、前に出て来てくれ」

それを受けて、キャプテンの星出純がみんなの前に進み出た。

すると、部員たちからはざわめきが湧《わ》き起こった。背番号を配布する前にキャプテンが何かを発表するというのは、これまでなかったことだった。

そのざわめきが静まるのを待ってから、加地は言った。

「実は、星出がキャプテンを降りることになった」

それで、今度は「ええっ」というどよめきが起こった。それに対し、加地は続けてこう言った。

「ああ、といっても、別に部を辞めるわけではない。星出には、これまで通り部員としては続けてもらう。これは、本人ともよく話し合って決めたことなんだ。本人も了承済みのことだ。星出には、キャプテンを辞める代わりに、試合やプレーに集中してもらうことになった。そうだな星出」

すると純は、黙ってうなずいた。それを受け、加地はさらに言葉を続けた。

「では、次に新しいキャプテンを発表する。ちなみにその新キャプテンには、背番号

10を与える。だから、名前を呼ばれたら前に出て、これを受け取ってほしい」

そう言って、横に控えている文乃から受け取った、10番の背番号を掲げてみせた。

それで、ざわめいていた部員たちは、今度は一転、水を打ったように静まり返った。

加地は、その静まったのを確かめてから、おもむろにこう言った。

「新キャプテンは、二階正義」

それで、今度は「おおっ!」という歓声が方々からあがった。そうして部員たちは、正義の姿を捜したのだけれど、すぐには見つけられなかった。部員たちの列に、正義の姿はなかったからだ。

正義は、部員たちとは別の、女子マネージャーたちの列に並んでいた。その一番端のみなみの隣にいて、今加地が言った言葉を聞き、口をポカンと開けていた。

正義は驚いていた。彼は、自分が新キャプテンに指名されることを知らなかった。それればかりか、自分がベンチ入りのメンバーに選ばれるとも思っていなかった。だから、部員たちからはあえて離れた場所に立ち、マネージャーの一人としてその発表を見守っていたのだ。

そんな正義をようやく見つけた部員たちは、興味深げな眼差《まなざ》しで見つめた。すると正義は、まだポカンとした表情のまま、それらの視線を不思議そうに見返した。それから、辺りをきょろきょろと見回して、最後に隣に立っていたみなみの顔を見た。

そんな正義に、みなみはこう言った。

「ほら。二階くんの名前が呼ばれたわよ」

それで正義も、ようやく「あ、うん」と返事をすると、おずおずと前に進み出た。

そうして加地の前に立ったのだけれど、この時はもうポカンとはしておらず、顔をぎこちなくこわばらせていた。

加地は、正義に10番の背番号を手渡すとこう言った。

「おめでとう、新キャプテン」

すると正義は、やっぱり顔をこわばらせたまま、それを恭《うやうや》しく両手で受け取った。

その時だった。突然、部員たちの間から拍手が湧き起こった。しかもそれは、おざなりなパラパラとしたものではなく、熱く、心のこもった、大きな音のものだった。

それで、感極まった正義は、込みあげてくるものを抑えることができず、もらったばかりの背番号で顔を覆った。すると、そんな正義を面白がって、部員たちの拍手は一段と大きくなった。おかげで正義は、その背番号からなかなか顔をあげることができなかった。

そんな正義を見つめながら、みなみは不意に、「このチームは甲子園に行く」ということを予感した。

それは突然のことだった。みなみはこれまで、野球部が甲子園に行くということを強く願ってはいたものの、それを予感したことは一度もなかった。それは、心のどこかではまだ「本当に行けるのか？」と不安に思っていたからだったが、この時はなぜか、それをありありと予感することができたのだった。

そのことに、みなみは自分で驚かされた。それで思わず「あっ」と声をあげると、まだ泣きやまない正義と、それを温かな拍手で包む野球部員とを、呆然《ぼうぜん》と見つめていたのだった。

第七章　みなみは人事の問題に取り組んだ

25

初戦をいよいよ翌日に控えた日、みなみはあらためて宮田夕紀の病室を訪れた。そこで、この前のベンチ入りメンバー発表の時に覚えた予感について、夕紀に話した。

夕紀は、残念ながら夏の大会までに退院することはできなかった。夕紀の母の靖代《やすよ》に聞いたところによれば、前に言っていた何かの数値が下がらず、なかなか退院の目《め》処《ど》が立たないのだそうだ。そのため夕紀の入院は、もうすぐ一年にも及ぶことになった。

そのため、みなみはだいぶ落ち込んだ。夕紀に夏の大会のベンチに入ってもらうことが、みなみの悲願だったからだ。

それでも、お見舞いに訪れたこの日は、そうした落胆はおくびにも出さず、努めて明るく野球部の現状などを話していた。

「私、本当にリアルに予感したんだ」と、みなみは真剣な顔つきで言った。「野球部は行くよ。甲子園へ行く。私のそういう予感て当たるんだから。だから夕紀も、それまでにはちょっとでも外出できるようになるといいね」

すると夕紀は、そうねと言って少し微笑《ほほえ》むと、ふと何かを考え込むような表情になった。それでみなみは、自分がまた何か余計なことを言ったのかと心配させられたが、夕紀はすぐに顔をあげるとこう言った。

「ね、みなみ」

「ん？」

「私……前に話したことあったよね。私が、野球部に入った理由」

「あ、うん……」

それで、今度はみなみが顔をこわばらせた。その時の複雑な気持ちを思い出したからだ。

しかし夕紀は、続けて言った。

「私、そのことをみなみに言えるようになるまで、すっごく時間がかかったんだけど、その時、思ったことがあったんだ」

「……何？」とみなみは、恐る恐る尋ねた。

「うん……」。それに対し、夕紀はちょっと考えてからこう言った。「言うべきことは、言った方がいいって。言わないと、後で後悔するって。そうして、後悔するのはもういやだって。私はもう、後悔はしたくないんだ」

「え？」とみなみは、今度は一転、いぶかしげな顔になった。「何？　どうしたの？　何かあったの？」

するとタ紀は、首を振るとこう言った。

「あ、いや、ううん……別に、大した意味じゃないのよ。ただ、前の私は、言いたいことがあってもそれを言えずに苦労してたから……。だから、これからは言いたいことを言おうかなあって。そうしないと、自分が苦しいだけだから」

それに対し、みなみはますます心配そうな顔になって言った。「私、夕紀に何か変なこと言った？」

すると夕紀は、慌《あわ》てて言った。

「あ、ううん。全然全然。そんなんじゃないのよ。むしろその逆よ。私、みなみに感謝してるの」

「え？」とみなみは、その言葉に驚いて言った。「なんで？」

それに対し、夕紀はちょっと間を置いてから、一つひとつ言葉を確かめるように、ゆっくりとした口調で言った。

「私ね、本当に感謝してるんだ。みなみは、その、私に感動をくれたから」

「……前の、小学生の時のこと？」

「ううん」と夕紀は首を横に振った。「そうじゃない。そうじゃなくて、みなみがマネージャーになってからのことよ。みなみがマネージャーになってからのこの一年、私は本当に、みなみに感動させられたの」

みなみは、それを黙って聞いていた。夕紀はなおも続けた。

「この一年、私は本当に感動のし通しだったの。それは、あの小学生の時の感動にも負けないほどだった。この一年、みなみが野球部でしてきたことに、私は本当に多くの喜びと、感動と、それからやりがいと、生きる勇気も、そう、色んなものをもらったわ」

「……」

「みなみは、いつでも私に感動をくれた。みなみは、私のヒロインなんだ」

「……」

「そのことを、言いたかったの」と夕紀は、照れ笑いのような表情を浮かべて言った。「これを言うと、また変に思われるかもしれないと思ったけど、どうしても伝えておきたかったの。伝えておかないと、また後悔すると思って。ごめんね。急に変なこと言って」

「ううん、全然」と、みなみは首を横に振った。「そう言ってもらえて、私も嬉《うれ》しいよ」

「みなみは、大したもんだよ」と夕紀は言った。「これは本気で言ってるのよ。私は、みなみを本当に大したもんだと思ってるんだから」

それを聞いて、みなみはふと変な気持ちになった。その言葉を、どこかで聞いたことがあるような気がしたのだ。

しかしみなみは、それをどこで聞いたのかを思い出せなかった。そこで話題を変えると、今度は一転、真剣な表情になってこう言った。

「でも、喜ぶのはまだ早いよ」

「え？」

「本番は、これからなんだから。甲子園に出るのは、これからだからね。今から感動してるようじゃ、甲子園に出た時には、大変なことになってるよ。それこそもう、感動してもしきれないくらいになるよ」

みなみは、最後はちょっと冗談めかしてそう言った。ところが夕紀は、なぜか浮かない顔になった。

「あ、うん……」

それでみなみも、再びいぶかしげな顔になって尋ねた。

「どうしたの？」

すると夕紀は、なぜかちょっと悲しそうな顔をしてこう言った。

「もし……もしもよ？　もし、仮に野球部が夏の大会で負けて、たとえ甲子園に行くことができなくても、私、それはそれで、いいと思ってるんだ」

「ええっ？」とみなみは、驚きに目を見開いた。「どういう意味？」

「うん……聞いて。あのね、私は別に、野球部が負ければいいとか、そういうことを言ってるんじゃないのよ。うん、それは私だって、甲子園に行くことができたら、本当に嬉しいと思う。どんなに感動するか分からない。でもね……もしそれが実現しなかったとしても、私、それは、それほど重要なことではないと思うの。あのね――」

ここで夕紀は、ちらっとみなみの顔を見た。しかしみなみは、夕紀の顔を見つめたまま黙っていた。そこで夕紀は、さらに続けた。

「私はね、大切なのは結果ではないと思ってるの。甲子園に行けたか行けないか、そのことではないと思ってるの。それよりも、プロセスが大切だと思ってるの。甲子園に行くために、野球部のみんなが一丸となって取り組んだ、その過程の方が、だいじだと思ってるの。だから――」と夕紀は、訴えかけるような眼差《まなざ》しでみなみの目を見つめると言った。「たとえこの先、どういう結果が待っていようと、私、そのことは、それほど重要じゃないと思ってるの。なぜなら、それによって、私がみなみからもらったこの感動は、少しも変わるところがないのだから」

みなみは、黙ってそれを聞いていた。

マネジメントをやってきたこの一年間で、お見舞い面談にも数多く立ち会った経験から、みなみは、「相手の話を聞く」ということがどれほど重要か、身に染《し》みて分かっていた。だからこの時は、夕紀が話し終えるまで、ただ黙って聞いていた。

そうして、夕紀がもう何も言わなくなったのを見て取って、初めて口を開いた。

「夕紀の言うことは、分かるわ」とみなみは、夕紀同様、ゆっくりとした口調で言った。「私を思ってそう言ってくれる気持ちも、とても嬉しい」

「じゃあ――」

「でもね――」

と、二人の声が重なった。そのため、二人の間にはしばらく沈黙が流れた。しかし、やがて夕紀がその先を促したため、みなみの方から口を開いた。

「でもね……私は、野球部のマネジャーとして、やっぱり、結果を大切に思わないわけにはいかないんだ」

みなみは、鞄《かばん》から一冊の本を取り出した。それは、この一年間で何度も何度も読み返され、もうぼろぼろになったドラッカーの『マネジメント』だった。

その『マネジメント』のあるページを開きながら、みなみは、ちょっと申し訳なさそうな、それでも真剣な眼差しでこう言った。

「『マネジメント』には、こうあるわ」

組織構造は、組織のなかの人間や組織単位の関心を、努力ではなく成果に向けさせなければならない。成果こそ、すべての活動の目的である。専門家や能吏としてでなくマネジャーとして行動する者の数、管理の技能や専門的な能力によってでなく成果や業績によって評価される者の数を可能なかぎり増やさなければならない。

成果よりも努力が重要であり、職人的な技能それ自体が目的であるかのごとき錯覚を生んではならない。仕事のためではなく成果のために働き、贅肉《ぜいにく》ではなく力をつけ、過去ではなく未来のために働く能力と意欲を生み出さなければならない。（二〇〇頁《ページ》）

「だから、私にはやっぱり、成果よりも努力が重要だ……って言うことはできないの」

「みなみ……」

「それは、真摯《しんし》さに欠けると思うの」

と、みなみは言った。

「私には、マネジャーとして、野球部に成果をあげさせる責任があるわ。野球部を甲子園に連れていくことが、私の責任なの」

みなみは、穏やかだが、しかし決然とした口調で言った。

「その立場の人間が、結果ではなくプロセスを大切にするというのは、やっぱり真摯さに欠けると思うの」

26

翌日、ついに夏の大会が開幕した。それが、やがて高校野球に一大旋風を——そしてイノベーションを巻き起こす、「程高伝説」の始まりだと気づく者は、誰もいなかった。

それはとても静かな始まりだった。

野球部のトップマネジメントは、夏の大会を迎えるにあたって、そこで起こるであろうさまざまなできごとを、「甲子園に出場する」という目標と照らし合わせながら、考えうる限り洗い出してきた。そうして、甲子園出場という目標の達成を、より確実なものにしようとした。

その中で、最も懸念《けねん》されたのが、野球部の「経験のなさ」だった。程高野球部には、圧倒的に経験が不足していた。これまでの最高成績はベスト16で、それももう二十年以上前に、ただ一度あるだけだった。そんな程高にとっては、勝ち進むということそのものが初めての体験であり、未知の領域だった。

もちろん、実戦不足を補うために、練習試合は可能な限り数多くこなしてきた。それでも、そこで「公式戦で勝ち進む」という経験が得られるわけではなかった。それは、やはり実際に勝ち進まない限り身につけようがなかった。だから、程高野球部にとってそれは、想定される中では一番の弱点となるはずだった。

そこで加地は、一つの戦略を打ち出した。経験不足で一番懸念されることは、接戦になった時に浮き足立つことだった。緊張して、本来の力を出せなくなることだ。だから、接戦になれば程高は不利だった。それを避けるためには、なるべく大きな得点差で勝ちあがる必要があった。

そこで加地は、そういう戦い方をしようと――つまり大量得点差で勝つような試合運びをするという方針を打ち出したのだ。

それは冗談のような話だったが、しかし加地は本気だった。加地は本気で、毎試合コールド勝ちを狙《ねら》うような戦い方を、部員たちに指示したのだ。

一回戦からの登場となった程高の、初戦の相手は無名の私立校だった。

この試合、加地はとにかく全《すべ》てにおいて積極的に攻めることを指示した。ストライクは初球から振らせ、塁に出れば必ず盗塁させた。守備は極端な前進守備で、どんな打球でも前へ突っ込ませた。送りバントはもちろん使わずに、全打者に全打席ヒッテイングをさせた。

この試合では、「ミスをすること」というのも一つの課題としていた。今のうちからミスに慣れておくことで、勝ち進んだ時に浮き足立ったり緊張したりするのを防ごうとしたのだ。

その通り、この試合、野球部は多くのミスをおかした。エラーは三つ、盗塁死は四つを数えた。それでも、試合は12対2で勝利した。打線が初回から爆発し、その後も攻撃の手を緩めずに、五回コールド勝ちを果たした。

夏の大会までに、野球部には一つだけ達成できなかった目標があった。それはお見舞い面談だった。

お見舞い面談は、当初は六月一杯で終わる予定だった。ところが、途中夕紀が体調を崩し、しばらく面談ができない時期が続いたのだ。その後、夕紀の回復に伴って再開されたものの、スケジュールは大幅に遅れてしまった。

それでも、みなみは逆に、これを一つの好機ととらえていた。

というのは、お見舞い面談のまだ終わっていない部員には、レギュラー選手が多かったのだ。だから、夏の大会が始まってからもそれを継続すれば、夕紀にも、より身近に夏の大会を感じてもらえると思ったのだ。

——お見舞い面談を通じて、夕紀にも、選手と一緒に戦ってる気持ちになってほしい。

そうした思いから、夏の大会に入っても、残った分を継続させたのである。

程高は、続く二、三回戦も危なげなくコールド勝ちし、四回戦へと進んだ。ここまで来ても、程高に注目する人間はほとんどいなかった。それは、程高の残した成績が、それほど際立《きわだ》ったものではなかったからだ。確かに三試合ともコールド勝ちをおさめてはいたが、同時にエラーの数も目立っていた。また送りバントが一つもなく、盗塁失敗も多かった。

それは、一見粗っぽい試合運びに見えたのだ。勢いは感じられたが、緻密《ちみつ》さがなかった。だから、誰も程高に注目しなかったのだけれど、もし注意深い人間が見ていたら、その裏に隠された奇妙な数字に目を留めていたに違いない。

程高は、三試合ともピッチャーの投球数が極端に少なかった。また、打者がフォアボールで出塁する率が異常なまでに高かった。

しかし、それらはほとんど誰にも注目されないまま、程高は続く四回戦で、この大会最初の難関を迎えた。対戦相手は、かつて何度も甲子園に出場したことのある、私立の強豪だった。

そのため、この試合には一般のファンをはじめ、マスコミ関係者や他校の部員など、数多くの人々が観戦に詰めかけた。対戦相手の、私立の強豪を見るためである。ところが、そこで彼らは、否応《いやおう》なく程高に注目させられることとなった。

彼らがまず注目させられたのは、その応援のボルテージの高さだった。程高側のスタンドは、相手の倍はいようかという大観衆によって埋め尽くされていた。しかもそこには、制服姿の生徒だけではなく、教師や生徒の保護者たち、指導してきた少年野球チームの子供たち、講演をしてもらった私立大学の学生たちなど、数多くの関係者がつめかけていた。

また、その応援の仕方も熱気あふれるものだった。ブラスバンドは試合開始から終始賑《にぎ》やかな音楽を奏《かな》で続け、チアリーディング部の献身的な応援がそれに花を添えた。それ以外の応援団はいつでも大きな声を出し続け、チャンスになると盛りあがり、ピンチになるとグラウンドのナインを励ました。

中でも特徴的だったのは、守りの時の応援だった。この試合、先発した慶一郎が初めてピンチを迎えた三回の裏、突如静まったかと思うと、おもむろに歌を歌い始めたのだ。それも、ブラスバンド抜きのアカペラによる合唱だった。

それは、慶一郎の一番好きな歌だった。実は、その歌を好きな慶一郎が、ピンチになったら元気づけるために演奏してほしいとリクエストしていたのだが、彼らはそれに合唱という形で応《こた》えたのだ。

この歌に勇気づけられたこともあってか、ピンチを脱することのできた慶一郎は、その後も素晴らしいピッチングをくり広げ、相手打線を0点に抑えた。

試合は、あいにく打線が4点しか取れなかったためコールド勝ちこそならなかったものの、結局4対0で勝利をおさめた。それは、私立の強豪相手に程高野球部が初めてあげた、会心の金星であった。

続く五回戦もコールド勝ちし、いよいよ未知の領域となるベスト8へ進出すると、野球部の周囲はにわかに騒がしくなった。

ここまで来ると、程高以外に勝ち残っているのは私立の強豪しかなく、自然、注目は唯一《ゆいいつ》の都立校である程高に集まることになった。

その準々決勝の相手は、今大会チーム打率が唯一四割を超えている、強力打線が売り物の優勝候補の一角だった。

試合は、壮絶な打撃戦となった。

この日、先発した新見大輔は、根気強く投げ続けたものの、相手の強力打線を最後まで抑え込むことができず、結局8点を相手からもぎ取った。

しかし、打線はそれ以上の得点を相手からもぎ取った。この大会をここまで一人で投げ抜いてきた相手エースに対し、徹底的にボールを見極め、五回までに百二十球もの球数を投げさせると、六回、ついにつかまえることに成功し、八つのフォアボールを含む打者二巡の猛攻で、一気に14点をあげた。試合は結局20対8で、程高がコールド勝ちをおさめたのだった。

27

試合後、程高には多くのマスコミが取材に押しかけた。それに対し、インタビューを一手に引き受けていたのは、大会直前にキャプテンに任命された、背番号10の二階正義だった。

正義は、インタビューの一つひとつに丁寧に、またサービス精神たっぷりに応じていた。

話は少し前にさかのぼるが、夏の大会を迎えるにあたって、野球部では、人事についての重要な決定が二つ行われた。

一つは、正義の新キャプテン就任だった。実は、これを加地に進言したのはみなみだった。

正義は、三月の初めにマネジメントに参加するようになって以来、その仕事に精力的に取り組み、これまで数多くの成果をあげてきた。特に、アイデアマンとしてさまざまなことを企画し、また渉外役としてさまざまな交渉を重ね、それらを実現させてきた。

その成果が、ここへ来て一気に表れるようになった。六月に入ってから野球部が集中して練習に取り組めるようになったことや、今のこのスタンドの盛りあがりを引き出した最大の功労者は、間違いなく正義だった。

そんな正義に対し、みなみは何らかの形で応えたいと思った。『マネジメント』にはこうあった。


成果中心の精神を高く維持するには、配置、昇給、昇進、降級、解雇など人事に関わる意思決定こそ、最大の管理手段であることを認識する必要がある。それらの決定は、人間行動に対して数字や報告よりもはるかに影響を与える。組織の

なかの人間に対して、マネジメントが本当に欲し、重視し、報いようとしているものが何であるかを知らせる。(一四七頁《ページ》)

みなみは、正義の取り組みに対し「人事」という形で応えたいと考えたのだ。彼にはぜひともベンチに入ってもらいたかった。それも、誰もが認めるような、身分が保障された形で入ってもらいたかった。

しかし、誰よりも野球の下手な正義が、選手としてベンチに入れる可能性は皆無だった。そこで、彼をキャプテンにすることを思いついた。そうすれば、たとえ下手でも大手を振ってベンチに入れる。そして、マネジメントが本当に欲し、重視し、報いようとしているものが何であるかを、組織の中の人間に対して知らせることができる。

さらにそれは、キャプテンであることを煩《わずら》わしく思っていた、星出純の負担を軽くすることにもつながった。

純は、野球部の中心選手であり、またその誠実な人柄で、みんなの尊敬を集める存在だった。だから、キャプテンとしては申し分なかったのだが、一つだけ問題があった。それは、彼自身がキャプテンをするのを煩わしく思っていたことだ。自分の実力を試すために野球部に入り、ただプレーすることに集中したかった純には、キャプテンという立場は重荷だったのである。

だから、その人事異動は、正義と純、双方ともを生かす提案でもあったのだ。みなみによってそれが提案されると、正義を抜かしたトップマネジメントにおいて検討され、最後は加地の判断で決定された。

するとこの人事は、野球部に二つのメッセージをもたらした。

一つは、マネジメントが求めているのは必ずしも「野球が上手《うま》いこと」ではないということ。もう一つは、成果をあげれば、マネジメントはそれにしっかりと応えるということだった。そのため、特にレギュラー以外の部員たちに対して、この人事は大きな励みと強い動機づけを与えることとなった。

もう一つ行われた人事についての重要な決定は、朽木文明がレギュラーから外れたことだった。

夏の大会までに、文明はもともと速かったその足にさらなる磨きをかけていた。今では、陸上部員としても短距離の全国大会に出られるほど、その走力を高めていた。

ところが、攻撃力や守備力はそれほど向上しなかった。そこで、これは加地からの発案だったのだが、文明をレギュラーから外すことにしたのである。代わりに、彼の入っていたレフトのポジションには、田村春道という一年生が抜擢《ばってき》されることとなった。

ただ、この人事にも、単に文明を外すというだけではなく、彼の強みを最大限に生かすという狙いもあった。文明の走力を、出塁率の悪いレギュラー選手としてくすぶらせておくのではなく、ここぞという時のピンチランナーとして活用しようとしたのだ。

そうして、文明のレギュラー落ちが決まったのだが、いざそれが知らされると、以前は「レギュラーであることに引け目を感じる」と言っていたにもかかわらず、文明もさすがに落ち込んでいた。しかし、加地からその新たな役割についての説明を受けると、すぐに気を取り直し、今度はそれに向かって前向きに取り組んでいった。

加地が文明に求めたのは、ピンチランナーとして塁に出て、相手チームをかき回すことだった。それも、ただ単に「盗塁」をするというのではない。それ以前に、塁上で大きなリードを取って、相手守備陣にプレッシャーをかけることだった。塁上で、盗塁するぞするぞと見せかけることで、より大きな心理的負担をかけることだった。

文明は、それに応えて素晴らしい活躍を見せた。

20対8と強豪相手に大差で勝った準々決勝でのこと、結果的に14点もの大量得点をあげた六回表、まだ6対8と2点差で負けていた状態でピンチランナーとして一塁へ出た文明は、いきなり大きなリードを取って、相手エースにプレッシャーをかけたのだ。

文明のリードには、大きな特徴があった。ベースを離れる際、あたかも歩測をするかのように大股《おおまた》でゆっくりと歩きながら、合計で七歩リードをするのだ。

これに目をつけた応援団は、いつしか文明がリードを始めると、その歩みを大声で数えるようになった。「イーチ！　ニーイ！　サーン！」と、歩数を全員で唱和するのだ。

すると、これがさらなるプレッシャーとなって、相手エースを苦しめた。おかげでこの回、すっかり制球を乱した相手エースは、それ以降連続して三つのフォアボールを出した。そのため文明は、自慢の足を披露するまでもなく、歩いてホームまで帰ってくることとなったのだ。

続いて準決勝が行われた。今度の対戦相手は、プロ入りが有力視されている本格派の好投手を擁する、やっぱり私立の強豪だった。

この試合は、満を持して慶一郎が先発した。

ここまでの試合、程高はその「ストライクとボールを見極める」作戦によって、相手投手に多くの球数を投げさせてきた。それによって体力を消耗させ、集中力を途切れさせたところにつけいって、大量得点を奪ってきた。

しかしそれは、ボール球を打たせるタイプの投手にこそ通用したものの、ストライクコースにどんどん投げ込んでくる本格派の投手にはなかなか通用しないところがあった。

そのため、この試合は大量得点が期待できなかった。だから、ピッチャーにはなんとしても少ない失点で抑えてもらいたかったのだ。

その通り、慶一郎は素晴らしいピッチングをくり広げ、相手打線を無得点に抑え続けた。そうして試合は、初回に1点を先制した程高のリードで、1対0のまま九回裏の相手の攻撃を迎えた。

程高は、これまで加地の打ち出した「大勝する」という方針通りの試合運びばかりだったから、僅差《きんさ》のゲームを経験したことがなかった。おかげで、この試合が初めての接戦となり、部員たちの緊張はいやがうえにも高まった。

しかし、そんな中にあってマウンドの慶一郎は、終始落ち着いたピッチングをくり広げていた。投手にとっては最も緊張を強いられる最少得点差の試合展開だったにもかかわらず、彼は、最終回に入ってもペースを崩さず、一番気をつけなければならない先頭バッターを、まずセカンドゴロに打ち取った。

さらに、次のバッターもショートゴロに打ち取ったのだが、ここで思わぬできごとが起こった。ショートの祐之助が、これをトンネルしたのだ。

そのため、本来ならツーアウトランナーなしになるところが、ワンアウト一塁となってしまった。ただ、こうした事態は程高には織り込み済みのことでもあった。この時のために「エラーを恐れない」練習をくり返してきたのだ。

その効果は、ここでもすぐに表れた。ショックの大きなエラーだったにもかかわらず、ナインには浮き足立った様子もなく、みんながエラーをした祐之助に慰めの声をかけていた。また祐之助自身も、以前のように顔色を青白くさせたりはせず、マウンドの慶一郎のもとに謝りに行くだけの落ち着きを保っていた。慶一郎も、そんな祐之助に笑顔で応答し、気負うようなところは露ほども見せず、次のバッターに相対していった。

そうして慶一郎は、さらに次のバッターを簡単なショートゴロに打ち取った。絶好のゲッツーコースで、これで試合終了となるはずだった。

ところが、誰もがそう思った瞬間、ショートの祐之助が、これを二塁に悪送球してしまった。そのため、ボールはライトまで転がり、この間にランナーはそれぞれ進塁して、ワンアウト二、三塁という一打サヨナラの大ピンチを招いた。

球場は一気に騒然とした雰囲気に包み込まれた。祐之助は、さすがに今度は平静を保つこともできず、顔色を青白くさせた。また他の選手たちも、やっぱり慰めの言葉をかけることができず、雰囲気に飲み込まれるのを免れることはできなかった。

それを見ながら、みなみは「やっぱり恐れていたことが起きてしまった」と思った。夏の大会を勝ち進むうえでは、経験のなさや、そこからくる接戦への弱さが懸念されたのだが、それがここへ来て現実のものとなってしまった。

それでも、後ろを振り返っているひまはなかった。キャッチャーの次郎は、バッターボックスに相手の四番打者を迎え、ベンチに作戦を仰いだ。この四番を歩かせて満塁策を採るか、それとも勝負か。

しかし、監督である加地の腹は初めから決まっていた。

勝負だった。

野球部の最も基本的な指針である「ノーボール作戦」を、ここへ来て曲げるわけにはいかなかった。

そのサインにうなずいた慶一郎は、渾身《こんしん》のストライクボールを相手バッターに向かって投げ込んだ。するとそれは、打者の懐《ふところ》深くに食い込み、バットを詰まらせることに成功した。そうして見事、内野フライに打ち取ったのである。

ところが、それはまたしてもショートへあがった。バックホームに備え前進していた祐之助は、それを捕球しようとバックした。しかしその足取りは、誰が見ても危なっかしい、よろよろとしたものだった。その通り、すぐに足を絡《から》ませた彼は、そのまま横向けに音を立てて転倒した。

その瞬間、ワッというどよめきが球場を包み込んだ。ベンチのみなみは、戦慄《せんりつ》に背中を貫かれ、あまりのショックに目の前が真っ暗になった。また、ショックを受けたのは彼女だけではなく、チームの誰もが大きな衝撃を受け、絶望に支配された。文乃に至っては、気が遠くなって失神しかけたほどだった。

ところが、そこで思いもよらないことが起こった。どこからか駆け込んできた選手が、そのフライをダイビングキャッチしたのである。

それは、レギュラー落ちした文明に代わってレフトのスタメンに入っていた、一年生の田村春道だった。

ほとんどショートの定位置にまで駆け込んできた彼は、そのフライをダイビングキャッチすると、すぐさま立ちあがって、今度は二塁ベースを踏んだ。

それで、試合は終了だった。祐之助が倒れたのを見た二塁ランナーが飛び出しており、アウトとなったのだ。

その瞬間、今度はドーンという地鳴りのような歓声が湧《わ》きあがって、程高のベンチとスタンドは歓喜に包まれた。しかし、その中にあってみなみは、一人だけ喜びとは別の感覚にとらわれていた。

みなみは、グラウンドに目が釘《くぎ》づけとなっていた。程高の勝利が決まった瞬間、ベンチをものすごい勢いで飛び出していった朽木文明が、ファインプレーをした春道に飛びついていったのだ。

文明にとって、春道はレギュラーの座を奪われたライバルであった。だから、その彼が好プレーをしたことは、自分がレギュラーの座からますます遠のくことでもあった。

それにもかかわらず、文明は誰よりもこのプレーを喜んでいた。それは、プレーをした春道以上の喜び方だった。誰よりも先に春道のもとに駆けつけた文明は、そのプレーを称《たた》え、彼を掲げるように抱きあげていた。

その光景に、みなみは人間というものの不思議と、組織というものの力を、あらためて感じていたのだった。

28

　準決勝の後、いつものように学校に戻ってミーティングが開かれた。ところが、全体ミーティングが終わった後のマネージャーだけで行われたミーティングで、正義がこんなことを言い出した。

「明日、祐之助は外した方がいいと思います」

　正義の主張はこうだった。

「これまでさんざん見てきたように、祐之助は緊張した場面に弱い。肝心なところで決定的なミスをする。しかも、一旦《いったん》落ち込むとなかなか立ち直れない。今日の試合も、春道のファインプレーに救われたからよかったものの、そうでなかったら負けていた。明日の決勝は、今日以上の緊張を強いられる。だから、祐之助がまたエラーをする可能性は高い」

　それに、文乃が賛同した。

「私もそう思います。祐之助くんの、緊張してエラーをしちゃうというのは、彼の弱みなんです。組織というのは、弱みを消して、強みを生かすもの。だとしたら、明日の決勝戦は、他の選手を使うべきです。それが『甲子園に出場する』という、野球部の目標にも最も適《かな》うものだと思います」

加地は、黙ってそれを聞いていた。それから、やっぱり黙ったままのみなみの顔を見て、「川島はどう思う？」と尋ねた。

この時、みなみは考えていた。みんなの意見を聞きながら、必死に『マネジメント』の内容を思い出していた。

――『マネジメント』には、これについてなんて書いてあっただろう？　これについて、何か答えはなかったか？

しかしみなみは、それを一向に思い出すことができなかった。頭がちっとも働かなかった。

みなみには、正義と文乃が言った言葉はもっともだと思えた。それについて、反論するところは何もなかった。

――それでも……。

みなみには、なぜか心に引っかかるものがあった。それはいつもの直感だった。いつもの直感で、みなみは、なぜだか祐之助は外すべきではないと感じていたのだ。

そこで、みなみはこう話し始めた。

「二人の言うことは、よく分かるよ。でも……私は思うんだ。去年の秋、慶一郎がストライクが入らなくなって負けた時、そこで慶一郎を代えていたらどうだったんだろうって」

みなみは、ミーティングに参加した全てのマネジャーたちに向かって、静かに語りかけた。

「あの時、もうストライクが入りそうにないからって、慶一郎を大輔に代えていたら、今の慶一郎はなかったんじゃないかって、私はそう思うんだ。あの時の経験が、今の慶一郎を作ったんじゃないかって。あの時の悔しい気持ちが、慶一郎を育てたんじゃないかって」

みなみは、一同の顔を順々に見ながら、いつしか訴えかけるような口調になって言った。

「私は思うの。あの時、ストライクが入らない慶一郎を代えなかったから、今の慶一郎が、そして野球部があるんじゃないかって。だから、祐之助も代えたくないの。祐之助も、今ここで使い続けることで、いつかきっと、あの時、代えなくてよかったって、そう思う時が来ると思うの」

「だけど――」と正義が口を挟んだ。「慶一郎は、秋の大会だったからまだよかったけど、今度は夏の大会なんだ。おれたちには、これが最後なんだ。ここで負けたら、もう取り返しはつかないんだぜ？」

それを聞いて、みなみはハッとしたような表情になって押し黙った。他のみんなも、やっぱり黙った。それで、その場をしばらく沈黙が支配した。

やがて、みなみが口を開いた。

「それでも──」

みなみは、みんなにというよりは、自分に言い聞かせるように言った。

「それでも、たとえ負けることになろうとも、彼の成長を信じて使い続けることが、私は、マネジメントのすることだと思うんです」

結局、祐之助は明日も使うということが決まった。最後は加地がそう判断し、みんなもそれに従った。

それでも、みなみは気が重たかった。その判断が正しかったのかどうか、自分でもよく分からなかったからだ。

──何より、明日の試合、祐之助のエラーで負ける可能性だってある。その時、自分自身は後悔しないだろうか？

そうした疑問が、みなみに重くのしかかった。考えれば考えるほど、後悔しないと言いきれる自信は少なくなった。そのことがまた、彼女の気を重たくさせた。

みなみは、夕紀に相談してみたいと思った。夕紀は、ちょうど先週、まだ残っていた祐之助のお見舞い面談をしたところだった。彼女なら、祐之助の処遇について、何かいい解決策を持っているかもしれなかった。彼女なら、いいアドバイスをくれるかもしれなかった。

そこでみなみは、携帯電話を取り出すと、夕紀にメールを打とうとした。と、そこで初めて、夕紀から着信があったことに気がついた。それは、メールではなく電話の着信だった。記録を見ると、三十分ほど前だった。

みなみは、珍しいなと思った。入院している夕紀から、メールではなく電話が来ることは希《まれ》だった。

そこでみなみは、夕紀に電話をかけることにした。

——きっと、夕紀も祐之助のことが心配になって電話をかけてきたのだろう。何か言いたいことがあるに違いない。

呼び出し音を聞きながら、みなみはそんなふうに考えていた。

第八章　みなみは真摯さとは何かを考えた

29

　二時間後、みなみは市立病院の玄関を入ったところにあるロビーにいた。また、みなみの周りにはほとんどの野球部員たちが集まっていた。そのためそこは、ほとんどが野球部員たちで埋め尽くされる格好となっていた。

　そこへ、柏木次郎が飛び込むようにして入ってきた。次郎は、みなみの姿を見つけると駆け寄ってきた。

「どうしたんだって？」と次郎は、問い詰めるようにみなみに尋ねた。

　すると、ソファに座ってうつむいていたみなみは、ゆるゆると顔をあげると、ちょっと苦笑いのような表情を浮かべてから言った。

「遅かったじゃない」

「……ごめん。電話に気づくの、遅れたんだ。それより、どうしたんだって？　夕紀の状態、どうなんだ？」

それでみなみは、一つため息をつくと言った。

「今夜が、ヤマなんだって」

「ヤマ？　ヤマってどういう意味だよ？」

「知らないよ。私だって、そう聞いただけだから……」

「じゃあ、今はまた手術をしてるのか？」

「ううん」とみなみは、首を横に振った。「今は、夕紀の親戚《しんせき》とかが集まって、彼女を励ましてる」

「励ましてる？　どういう意味だよ」

「おばさんがそう言ったんだよ。夕紀を元気づけるために、みんなが集まってくれたって。それが終わったら、私たちにも励ましてもらうから、ロビーで待っててくれって、そう言われたんだ」

それで、次郎はいぶかしげな顔になった。

「『ヤマ』って、今夜助かるかどうかってことだろ？　そんな人間に、励ますっていうのはおかしくねえか？　そんな場合じゃねえだろ」

するとみなみは、苛立《いらだ》たしげな顔になって言った。

「私に言われても知らないよ。文句があるならおばさんに言いなよ」

その時ちょうど、夕紀の母親の宮田靖代がロビーに入ってきた。

「おばさん」とみなみは立ちあがって駆け寄った。

「みなみちゃん」と靖代は、弱々しげに微笑《ほほえ》むと言った。「ごめんね、お待たせして。準備ができたから、会ってやってくれる？」

それで部員たちは、全員一度には病室に入りきらないため、五人ずつに分かれて、順番に夕紀を見舞うことになった。

最初は、みなみ、次郎、文乃、正義、それに加地が入ることになった。

病室に入ると、留守番をしていた親戚の人らしき女性が、一礼して出ていった。それ以外に人影はなく、医師も看護師もいなかった。

先導してきた靖代が、後ろを振り返ると言った。

「それじゃ、みなさん一言ずつ、お別れの言葉をかけてやってもらえますか？　もう意識はないんだけど、耳だけは最後まで聞こえるらしいから、声をかけてくれれば、きっと届くはずだと思います」

「えっ?」とみなみは声をあげた。「おばさん、何を言ってるの? 今夜がヤマじゃないの?」

靖代は、そう言ったみなみの目をじっと見つめ、こう言った。

「夕紀は、もうダメらしいのよ。今夜か、明日にはって、お医者さんに言われたわ。だから、親しい人たちに集まってもらうようにって、言われたの。それで、みんなにも来てもらったのよ」

「え?」とみなみは言った。「おばさん、何を言ってるか全然分からないよ。だっておかしいでしょ? ヤマっていうのは助かるか助からないかっていう意味でしょ」

みなみは、ほとんど詰め寄るように靖代に言った。それで、次郎が「おい」と言って、みなみの肩に手をかけた。しかしみなみは、それを振りほどくと言った。

「嘘《うそ》でしょ、おばさん。嘘だよね? 変なこと言わないでよ。だって、そんなのおかしいよ。この前まで、普通に元気だったじゃん。この前まで……だって昨日もメールしたし。ねえ、夕紀」

それでみなみは、初めてベッドで寝ている夕紀の顔を見た。しかし、そこで戦慄《せんりつ》させられた。

そこに、みなみの知っている夕紀はいなかった。そこには、見たこともない夕紀がいた。

夕紀は、顔が紙のように白かった。そして、存在感が物のように希薄だった。

彼女は、死人以上に生気がなかった。みなみはこれまで、一度だけ父方の祖父の死に立ち会ったことがあったけれど、これほど生気のない人間の顔を見るのは生まれて初めてだった。

「夕紀、ちょっとやだ、嘘だよね?」とみなみは、その紙のように白くなった、呼吸をしているかどうかさえも分からない、ほとんど動かない夕紀を見つめて言った。「冗談だよね。だって……だって、なんとかって数値が下がったら退院するって。だから、甲子園ではベンチに入ろうって、話してたじゃん。ねえ、夕紀」

みなみは、夕紀に取りすがって声をかけた。

「まだだよね? まだ諦《あきら》めてないよね? だって、夕紀は病気なんかに負けるような子じゃないじゃん。夕紀は、だって、私よりずっと強い人間じゃん。これまでだって、ずっと病気と戦ってきたじゃん。そして勝ってきたじゃん。だから、今度も負けないよね。勝てるよね」

その時、夕紀の瞼《まぶた》がかすかに震えた。

「夕紀！」

みなみは、勢い込んで声をかけた。

「夕紀。ああ、やっぱり聞こえるんだ。まだ諦めてないんだ。まだ戦うって言ってるんだ。そうだよ夕紀。まだ諦める時じゃない。もう少し頑張ろう。勝つ。勝つよ。私たちも勝つから、夕紀も勝とうよ。決勝まで来たんだよ。都立の無名の弱小校が、周りからは奇跡だ奇跡だって言われてるけど、奇跡なんかじゃない。私たちは、やるべきことをやって、ここまで来たんだ。それは夕紀が一番分かってるじゃない。だから、夕紀も、ここで諦めずに、私たちと一緒に、頑張ろう。大丈夫。勝てるよ。試合はまだまだ、始まったば――」

「みなみちゃん、お願い」

そう声をかけたのは、靖代だった。みなみは驚いて靖代を振り返った。すると靖代は、みなみの肩を両手で抱え込むようにして言った。

「みなみちゃん、お願い、もう許してあげて」。靖代は、泣きながら、みなみの目を真《ま》っ直《す》ぐに見つめると言った。「お願い、もう、夕紀を許してあげて。ごめんね、みなみちゃん。おばさん、ずっとみなみちゃんのことを騙《だま》してたの。本当は、もう助からなかったの。去年の、入院した時に、もう助からないって、お医者さんに言われていたの。余命三ヶ月だって、お医者さんに告げられていたの」

「え……」とみなみは、気の抜けたような表情になって靖代を見た。

靖代はなおも言った。

「だけどね、そこから頑張ったの。夕紀は、生きたの。懸命に生きたの。懸命に戦ってきたのよ。病気と戦ってきたの。それで、勝ってきたの。生きてきたの。病気と戦って、一年間も生きてきたの。余命三ヶ月のところを、一年も生きてきたの」

靖代は、激しく嗚咽《おえつ》しながら言った。

「それをね、生かしてくれたのは、みなみちゃん、あなたなのよ。みなみちゃん、あなたが、夕紀を生かしてくれたの。みなみちゃん、あなたが、夕紀の最後の人生を、光り輝かせてくれたの。みなみちゃん、あなたが、夕紀の人生を、意義のあるものにしてくれたの」

みなみは、呆然《ぼうぜん》とした顔で靖代を見つめていた。靖代は、ほとんどみなみを抱きしめるようにしながら言った。

「みなみちゃん、あなたのおかげで、この一年、夕紀は本当に生き生きとしてた！この一年は、人の一生分くらい生き生きと輝いていた。だけどね、みなみちゃん、もう限界なの。もうここまでだったのよ。夕紀はね、頑張ったの。本当に頑張ったわ。

だけどね、苦しかったの。本当に苦しい戦いだったの。大変な戦いだったの。だから、夕紀のこと、許してあげて。もうここで、戦いをやめちゃうかもしれないけど、そのこと、許してあげて。本当に、夕紀はここまでよく戦ったの。そのこと、分かってあげて」

そんなみなみを、凄惨《せいさん》な顔つきになった靖代を見つめた。「おばさん、私……」

「あ……」とみなみは、靖代は抱きしめながら言った。

「みなみちゃん、ごめんなさい！　私、一番感謝しなきゃいけない人に、こんなことを言って。ごめんなさい。ごめんなさい」

靖代は泣きながら、いつまでも謝り続けていた。

30

全員の挨拶《あいさつ》が終わっても、部員たちはしばらくロビーにとどまっていた。しかし、閉院時間に伴って、ほとんどの部員が帰っていった。また、夜の九時を回った頃合いで、残った者も、一旦《いったん》帰宅しようということになった。

それでも、みなみだけは、頑《かたく》なにそこを動こうとしなかった。それで、次郎もそこにとどまると言い出し、結局、二人が病院に残ることになった。

二人は、玄関脇《わき》のロビーから病棟のロビーへ移り、そこのソファで、ちょっと離れて腰かけていた。

みなみは、ずっと無言で、うつむいたまま何かを考えているようだった。次郎も、やっぱり無言で腕組みをしていたが、時折、歩き回ったり、みなみの様子を確認したりしていた。

夜中の三時を回った頃、みなみが不意に、「あ」と言った。それで、次郎が声をかけた。

「どうした？」

するとみなみは、長い長い沈黙の後、絞り出すような、震える声音で言った。

「……私、とんでもないことを言った」

「え？」。次郎は、やや間を置いてから尋ねた。「何を？」

「……夕紀に、だいじなのはプロセスではなく、結果だって」

「え？」

「夏の大会が始まる前にね、夕紀が、結果ではなく、プロセスをだいじにしたいって言ったの」

「うん」

「その夕紀に、私は、結果を求めずに、プロセスを重視するのは、マネジメントとして真摯さに欠けるって言ったんだ」

「……」

「私は……なんてことを言ったんだろう？」

それから、みなみは再びうつむいて何も言わなくなった。それで、次郎もずっと黙っていた。

夕紀が亡《な》くなったのは、朝の六時過ぎだった。最後は、蠟燭《ろうそく》の火が燃え尽きるように、そっと息を引き取った。

みなみと次郎は、その場には立ち会わなかった。亡くなったのをお医者さんが確認してから、病室に入って、その顔を見た。

その時、みなみは気づかされた。夕紀の顔が、昨日よりも穏やかになっていることに。昨日よりも、幾分か生気が蘇《よみがえ》っていることに。

それで、みなみはあらためて、夕紀がこれまで戦ってきたということを知らされた。そしてそれが、つらく苦しい戦いであったということを知った。彼女は今、ようやくそこから解放されたのだ。

九時になって、部員全員が病院に集まってきた。この日は、学校にではなく、急遽《きゅうきょ》この病院へ集合となり、そこから決勝戦の球場へ向かうことが決められた。

夕紀は、亡くなって早々にお寺へ運ばれていった。そのため、みなみと次郎以外は、お別れの挨拶をすることができなかった。

集まってきた部員たちは、みんな無言だった。お互い、なんと声をかけていいのか、どう気持ちを持てばいいのか、分からずに戸惑っていた。

加地は、そんな部員たちを、ロビーから屋外の駐車場へと連れ出した。この日は、朝からうだるような暑さだった。駐車場脇の雑木林からは、蟬《せみ》の鳴き声がけたたましく鳴り響いていた。

駐車場には、照りつける太陽と、アスファルトの照り返しとが相まって、立っているだけで汗が噴き出してきた。その暑さの中で、部員たちは、しばらく呆然と立ち尽くしていた。

加地は、そんな部員たちを見回すと言った。

「宮田は、もうお寺さんに運ばれた。今日がお通夜《つや》で、お葬式は明日になるそうだ」

それから、続けて何かを言おうとしたが、しかし結局言葉が出てこず、隣にいた正義に声をかけた。

「それじゃ、キャプテン」

「分かりました」

そう言って、みんなの前に立った正義は、部員たちを見回すと、こう話し始めた。

「ええ、今日は決勝戦です。ぼくたちが最大の目標として、この一年間、それを目指して頑張ってきた、甲子園出場を懸けた、とても大切な試合です」。それから、少し間を空けて、こう続けた。「その日に、ぼくたちにとって最も大切な人が、亡くなりました。ぼくたちマネジメントチームにとってはもちろん、野球部にとっても、欠かすことのできない、大切な人でした」

そして、部員たちを見回すとこう続けた。

「その人が、亡くなったということの意味を、よく考えてください。そして、その人が、最も望んでいたことは何かというのを。幸い、ぼくらは、彼女の生前に、彼女からたくさんの言葉をもらいました。だから、それを考えることは、けっして難しくはないはずです。だから、今日、皆さんが何をするべきか、何をしなければならないかは、皆さんが一番よく分かっているはずです。皆さんが、一番強く感じているはずです。今日は、それをやりましょう。それをすることに、全力を傾けましょう。そうして、彼女の思いに応《こた》えましょう。彼女のために、今日の試合を戦いましょう。そして、彼女のために、今日の試合を、ぜひとも——」

「意味ないよ」

と、突然それに割って入るように、声があがった。それで、全員が驚いてその声のあがった方を見た。そして、その声をあげた者を、驚きの目で見つめた。

声をあげたのはみなみだった。みなみが、正義をバカにしたような顔で見つめながら、続けてこう言った。

「夕紀はもう死んだんだ。彼女のために戦ったって、意味がない」

「黙れ」

と声をあげたのは次郎だった。次郎はみなみの脇に進み出ると、彼女をにらみつけるようにした。

しかしみなみは、そんな次郎をにらみ返すと、「あなたこそ黙って」と言い、こう続けた。

「ムダだった。全《すべ》てはムダだったのよ。この一年は、何もかもがムダだった。目的も、目標も、もう何もかもありはしない。全ては意味がなかった。私は彼女のためにマネジメントをしてきたんだ。彼女のためにマネージャーになったんだ。だけど、それは独りよがりなありがた迷惑だった。全ては、彼女を苦しめていたんだ。私が、彼女にムリな期待を押しつけたから、彼女は……彼女は……彼女は三ヶ月で楽に死ねたところを、一年間もムリに戦わされたんだ」

「それは違う」と言ったのは正義だった。

しかしみなみは、そんな正義をにらみつけると、鋭く言った。

「違わないよ！　全然違わない。私が……私が余計なことをしなければ、夕紀は苦しまずに済んだんだ。全ては、全てはムダだった。私は、思いあがっていた。それが夕紀のためになると、勝手に決めつけていたんだ。なんのことはない、マーケティングできてないのは、私だったんだ。私は、マネジャー失格だ」

「そんなことはない」と正義は言った。「川島は、マネジャーだよ」

しかしみなみは、そんな正義を再びにらみつけると、今度は自嘲《じちょう》するような笑みを浮かべて言った。

「あなたは、全くなんにも分かってないようね。だけど、これを聞いても、そう言ってられるかしら？」

それを聞いて、次郎が言った。

「おい、やめろ」

しかしみなみは、それには耳を貸さず、続けて言った。

「私はね……私は、本当は野球が大嫌いなのよ」

「やめろ」

「このくだらないスポーツが、世界で一番嫌いなの。この面白くないスポーツを、心の底から憎んでいるの。大嫌いなのよ。反吐《へど》が出るの」

「やめろって」

「どう？　驚いたでしょ？　呆《あき》れたみたいね。そんな人間が、マネジャーをやっていたのよ。真摯さもへったくれもないわ。私はね、嘘をついてたの。みんなを騙していたのよ。私は、本当に野球が大大大……」

その時だった、次郎がいきなりみなみに平手打ちを食らわせた。

それをまともに受け、みなみは二、三歩後ろによろめくと、しりもちをついた。

次郎が怒鳴った。

「やめないか！」

ところが、それに慶一郎が飛びかかった。慶一郎は、いきなり次郎に殴りかかると、そのまま駐車場に押し倒し、二人は揉《も》み合いになった。

それで、他の部員たちが慌《あわ》ててそれを止めに入った。

その揉み合っている二人に、みなみが声をかけた。

「いいのよ」

　みなみは、駆け寄ってきた文乃に抱き起こされると、叩《たた》かれた左の頬を押さえながら言った。

「私は、ぶたれて当然なの。聞いたでしょ、私は、みんなに嘘をつきながらやってたんだから。私は、みんなを騙してたのよ」

　すると、正義が再びこう言った。

「違うよ」

「違う？　あなたは何を言ってるの？」。みなみは、苛立《いらだ》たしげに正義をにらみつけると言った。「本人がそう言ってるんだから、違うわけないでしょ？」

　しかし、正義はこう言った。

「いや、違うんだ。そういう意味じゃなくて、その……それは、知ってたんだ」

「え？」

「それはその、みんな知ってたんだよ。川島が、野球が嫌いだっていうのも、それでも、宮田のためにマネジャーをやってたというのも、みんな、知ってたんだ」

　それで、みなみは次郎の方を見た。しかし次郎も、なんのことか分からないという表情で、いぶかしげに首を振った。

「おれたち、聞かされてたんだよ」と正義は言った。「四月になってからの、お見舞い面談の時に、その、今度は川島が同席してなかっただろ。だから、その席で、宮田から、聞かされてたんだ」

「え？」

それで、みなみは部員たちを見回した。すると彼らは、次郎を除き、一様に申し訳なさそうな顔でみなみを見ていた。

「……え？」

「おれたち、宮田から聞かされてたんだ」と、正義は続けた。「みなみは、本当は野球があまり好きじゃないんだって。だけど、私の病気のために、わざわざ野球部のマネージャーになってくれたんだって。だから、もし私に何かあったら、もうマネージャーをやらないって言い出すかもしれないって。だけど、その時は、引き留めてほしいって。みなみは、確かに野球が嫌いかもしれないけれど、野球部には絶対に必要な存在だからって。野球部には欠かすことのできないマネジャーだからって。おれたち、みんな、宮田にそう言われてたんだ」

「……」

「だから、知ってたんだよ。おれたち、みんな、知ってたんだ」

みなみは、そう言った正義の顔をまじまじと見た。それから、周囲を見回して、最後に、隣にいた文乃と目が合った。文乃は、ただ悲しそうな顔つきで、みなみを真《ま》っ直《す》ぐに見つめていた。

それで、みなみは再び気の抜けたような顔になると、こう言った。

「今度も、私だけが知らなかったんだ」

と、その時だった。みなみはいきなり、駐車場の出口へ向かって駆け出した。

それはあっという間のできごとだった。誰も、声をかけるいとまもないくらいだった。

ところが、それをすぐに追いかけた人物がいた。文乃だった。文乃だけが、咄嗟《とっさ》にみなみを追いかけた。そうして二人は、あっという間に駐車場を後にすると、すぐに姿が見えなくなってしまった。

「みなみ！」

それで、慌てて次郎もその後を追いかけようとした。しかしそれを、正義が止めた。

「待って。ここは文乃に任せよう。おれたちは、もう球場に行かないと」

それから正義は、部員たちの方を振り返るとこう言った。

「さあ、おれたちは球場へ行こう。おれたちには、決勝戦が待っているんだ」

31

決勝戦は、午後の一時に始まった。しかし、この時までにみなみと文乃の二人は、球場には着かなかった。

対戦相手は、今年の春の甲子園にも出場した、優勝候補の最右翼だった。攻撃も守備も死角がなく、これまでの対戦校と比べても格段に手強《てごわ》かった。

程高の唯一《ゆいいつ》のアドバンテージは、これまでの試合を投手陣が少ない球数で乗りきってきたことだった。慶一郎の累積《るいせき》投球数は、相手投手のほとんど半分だった。

ただ、昨日から今日にかけてのことで、部員たちは疲れきっていた。みんなほとんど眠ることができずに、キャッチャーの次郎に至っては一睡もしていなかった。

それでも、部員たちはよく戦った。選手たちは、一瞬たりとも集中力を切らすことなく、よくプレーした。心配されたような、浮き足立ったり緊張で硬くなったりすることもなく、試合は均衡を保ったまま、0対0で中盤五回までを終わった。

ところが、六回表に来て慶一郎は連打を許す。この回一気にヒットを連ねられ、合計3点を失ってしまった。

さらに七回、再び連打を浴びると1点を失って、これで0対4となり、なおも二死満塁のピンチが続いた。慶一郎は、ここでもノーボール作戦を貫いていたが、ファールで粘られるうちにカウントを悪くし、ついにツースリーまで追い込まれた。

ところが、その時だった。急にタイムをかけたベンチの正義が、マウンドまでやって来た。

「どうした？」と聞いたのは慶一郎だった。「タイムをかけるタイミングじゃねえだろ？」

「いや……」と言って正義は、ちらとベンチを振り返りながら言った。「到着したから、知らせようと思ってさ」

「え？」

それで、マウンドに集まった選手たちがベンチを見ると、そこにみなみと文乃が座っていた。

よく見ると、みなみはなぜかいつもはかぶらない帽子を目深《まぶか》にかぶり、口にはマスクをしていた。

それで、慶一郎が聞いた。

「あいつ、なんでマスクしてるの？」

「いや、寝不足と泣いたのとぶたれたので、顔がひどいことになってるから、見せたくないんだって」

「ああ、そうなんだ」

それで、マウンドに集まった選手たちには、ちょっとホッとしたような笑顔がもれた。

「おまえがぶつからだぞ」

慶一郎が、次郎に対してからかうように言うと、次郎は、憮然《ぶぜん》としながら言った。

「おれだって、寝てないし、泣いたし、そのうえ殴られたけどな」

それから、プレーが再開された。ベンチのみなみは、そのプレーを見つめながら戸惑っていた。


今朝、病院の駐車場から逃げ出したみなみは、そのまま駆け続けた。とにかく、もうそこにいることはできなかった。この世の全てから逃げ出したかった。どこか、これまでとは関係のない世界へ行きたかった。少なくとも、知り合いの一人もいないところへ行きたかった。

ところが、そんなみなみを執拗《しつよう》に追いかけてきた人物がいた。文乃だった。文乃は、どこまでもどこまでも追いかけてきた。みなみがいくら逃げようと、けっして諦めることはなかった。

そうして、たっぷり三十分は走ったところで、とうとう捕まってしまった。みなみは、文乃がこんなにしつこいとは思いもしなかったから、くたくたに疲れたのと同時に、驚き、戸惑ってもいた。おかげで、それ以上抵抗する気力を失い、そのまま球場まで引きずられてきたのである。

しかし、そうやって来てはみたものの、どういう気持ちで試合に臨めばいいのか、全く分からなかった。みなみは、夕紀の死によって、目的も目標も、何もかも失ってしまった。だから、決勝のこの試合も、とてもじゃないが、打ったりとか、守ったりとか、そんなことに心を動かされるような状態ではなかった。

それでもみなみは、投げ続ける慶一郎の姿を見ながら、あることを思い出していた。

それは、去年の秋の大会で、慶一郎がなす術《すべ》もなくフォアボールを連発し、コールド負けを喫した時のことだった。

その慶一郎が、今はツーアウト満塁フルカウントという土壇場《どたんば》に追い込まれながらも、動じることなくストライクを投げ込んでいた。粘られても粘られても、その気力を途切れさせることなく、淡々とストライクを投げ続けていた。

そのことに、みなみは心を動かされないわけにはいかなかった。それは複雑な気持ちだった。一方には、喜んでなどいられないという気持ちがありながら、もう一方では、湧《わ》きあがるそれを抑えることができなかった。

そうして最後、慶一郎がとうとうバッターを三振に打ち取った時には、思わず拍手をしている自分がいるのだった。しかしそれを、隣に座っていた文乃がじっと見ていることに気づき、慌てて手を叩くのをやめた。

試合は、0対4で七回の裏に進んだ。この回の程高は、先頭バッターが塁に出ると、すかさず盗塁を決め、ノーアウト二塁のチャンスを作った。しかし、続く二人の打者が凡退し、ツーアウトとなった。

ここで迎えるバッターは、四番の星出純だった。純は、ここまで一人だけ二安打と気を吐いていたが、しかし相手の作戦は敬遠だった。五番以降のバッターが、ここまでいずれもノーヒットだったからだ。

純が歩くと、ツーアウト一、二塁となった。次のバッターは、キャッチャーの柏木次郎だった。次郎は、昨晩は一睡もしていなかったけれど、それは彼にとって生まれて初めての経験だった。

そうして今朝は、自分にとっても幼なじみで、また最も大切な友人の一人を亡くした。だから、身も心もくたくたに疲れきっているはずだったが、次郎は、不思議と疲れを感じていなかった。

むしろ、身体《からだ》の奥から無限に力があふれてくるような、不思議な気力の充実を感じていた。これまでの二打席は凡退が続いたが、それは打球がたまたま野手の正面に飛んだだけで、タイミングは合っていると思っていた。何より、球がよく見えるのだ。こんな感覚は、これまで経験したことがなかった。

バッターボックスに送り出される前、次郎は、監督の加地から「敬遠したことを後悔させてやれ」と発破をかけられていた。しかし彼は、そういう敵意をピッチャーに抱くことはなかった。むしろ、自分と対戦してくれることに感謝の気持ちを覚えていた。このチャンスに自分をバッターボックスに立たせてくれたことに、お礼を言いたいような気持ちだった。

それ以外、次郎は何も考えていなかった。というより、何かを考えようとしても頭が回らなかった。だから、とにかく来た球を打とうとしたのだ。

その初球は、低めに落ちる変化球だった。ところが次郎には、そのボールがよく見えた。投げる前から、なぜか変化球が来るというのが分かったし、投げた瞬間には、それがどのコースに来るのかということも分かった。

だから、そこを目がけてバットをスイングした。身体の奥からあふれてくる力のためか、バットは驚くほど軽かった。

そうして、手応えというのはほとんどなかった。ボールはほぼ真芯《ましん》で弾《はじ》き返されると、そのままレフト上空を襲った。それに対し、レフトは一歩も動かなかった。それは1点差に詰め寄る、次郎のスリーランであった。

32

試合は、3対4の1点差で、そのまま最終回、九回裏の程久保高校の攻撃を迎えた。二番バッターから始まったこの回、最初の二人は簡単に倒れ、四番の星出純を迎えた。

この試合、純には特別な思いがあった。対戦する相手投手が、中学校の時のチームメイトだったからだ。

それは、自分の実力を証明するには絶好の機会のように思えた。相手投手が、私立に進んでいた場合の自分のように思えたからだ。だから、ここで打つことができれば、彼以上のことができたと、自分自身に証明できるような気がしたのだ。

ところがこの時、純の中からは、不思議とそういう気持ちが消え失《う》せていた。彼にあったのは、とにかく次につなぐという気持ちだけだった。

――今日はなぜか次郎の調子がいい。

そのことは、純にも分かっていた。だから、彼につなげばなんとかしてくれる――そんな思いがあった。

純は、相手の守備位置を見てみた。すると、三塁手が少し深めに守っているのが目に入った。どうやら、ここまで全打席出塁している四番の純を警戒しているようだった。

そこで純は、初球を三塁線にセーフティバントした。それは、ここまでノーバント作戦を貫いてきた程高が、この大会、初めて見せたバントだった。

するとそれは、見事に相手の裏をかき、三塁手を慌てさせた。処理を焦《あせ》った三塁手は、捕った球を一塁へ悪送球してしまい、おかげで純は二塁へと進むことができた。

そのため、場面はツーアウト二塁と、一打同点のチャンスとなった。

ここで迎えるバッターは、前の打席でホームランを打った次郎だった。それに対し、タイムを取ってマウンドに集まった相手ナインは、何かを協議しているようだった。

それからプレーが再開されたが、ホームに戻ったキャッチャーは立ったままだった。

つまり、敬遠だった。ここは次郎を歩かせて、次の六番バッターと対戦するという作戦だった。六番の、この日もショートの先発に入っていた、桜井祐之助と対戦するということだった。

やがて次郎が一塁へ歩き、ツーアウト一、二塁となった。ネクストバッターズサークルに控えていた祐之助は、おもむろに立ち上がると、ゆっくりとした足取りでバッターボックスへと向かった。

その背中を見つめながら、ベンチのみなみにはさまざまな思いが去来した。

——よりにもよって、ここで祐之助に回ってくるとは。

それから不意に、祐之助が夕紀の病室にいた時のことを思い出した。三月の初め、夕紀のお見舞いに行った時、病室のドアを開けると、たまたま彼がいたのだ。

——あの時は、おじゃまだったかしらなんて言ってからかったけど、彼は、夕紀のことをどう思っていたのだろう？

そのことを、まだ確かめたことがないことに、みなみは気づいた。

その時、加地が正義を呼び寄せると、何ごとかを告げた。それを聞いた正義は、主審に何かを伝えるため、ベンチを飛び出していった。

それで、みなみは驚いて加地に尋ねた。

「監督、代えるんですか？」

しかし加地は、みなみのことをジロリとにらむと、こう言った。

「安心しろ。祐之助を代えるわけじゃない。あいつは、監督をクビにすると言われたって代えやしないよ」

それから、やがて交代のアナウンスが場内に告げられた。交代は、一塁ランナーの次郎だった。今敬遠で歩かされた次郎に代わって、ピンチランナーに朽木文明を起用したのだ。

「監督！」

みなみは、思わず目を見開いて加地を見た。そんなみなみに、加地はニヤリと笑うとこう言った。

「見ていろ。敬遠したことを、心の底から後悔させてやるから。敬遠のフォアボールは、いかなる場合も使うべきではないというイノベーションを、おれは今ここで起こすんだ」

そう言うと、ベンチから出ていく文明に何ごとかを指示し、戻ってきた次郎には労《ねぎら》いの声をかけた。

次郎は、戻ってくるとみなみの隣に座った。みなみは、そんな次郎になんと声をかけていいのか分からなかったが、ともかく、声をかけたいと思った。だから、自分からこう言った。

「おつかれさま」

すると、次郎はちょっとびっくりした顔でみなみを見たが、すぐに前を向くと、

「まだ試合は終わってない」と言った。

「うん」

それから、二人はしばらく無言でグラウンドを見つめていたが、やがて次郎がぽつりと言った。

「おまえ、よく戻ってきたな」

「え？」

「よく、試合まで来てくれたよ」

「うん……文乃がね」

「え？」

「文乃に、言われたんだ」

「何を？」

「うん……それについては、後で話すよ。だけど、それを聞いたら、私、力が抜けちゃって」

「そうか……ま、なんにせよ、来てくれてよかったよ」

やがて試合が再開された。すると、すぐに異様な雰囲気が球場全体を包み込んだ。文明がリードを始めたのである。いつものように、一歩一歩、まるで歩測をするように、大またに歩き始めた。

それに伴って、スタンドに陣取った程高の大応援団も、「イーチ！ ニーイ！ サーン！」と唱和を始めた。スタンドには、陸上部の小島沙也香をはじめ、多くの人々が詰めかけていた。そうして、沙也香はもちろん、全ての人々が、声を限りに、その数を唱和した。

それだけではなかった。都立高校である程高野球部の活躍を知り、ファンになって観戦に来た一般の観客も、これに倣《なら》った。おかげでそれは、地鳴りのような響きとなって、球場全体を覆《おお》い尽くした。

また、文明のパフォーマンスが、これに拍車をかけた。この日、いつもなら七歩しかリードしないところを、今回は八歩リードを取ったのである。そのため、八までを数えた観衆からは、おおというどよめきとともに、大きな拍手が湧きあがった。

すると、それがまた異様な雰囲気に拍車をかけた。おかげで、相手ピッチャーはたまらずプレートを外したのだけれど、それはかえって自らを追い込む結果となった。

一旦《いったん》帰塁した文明は、ピッチャーがセットし直すと、再びリードを始めたのだ。それでまた、あの地鳴りのような唱和が始まり、今度は、相手校の監督がやむなくタイムを取るまでに至った。

そこでマウンドに伝令を送った相手校の監督は、文明に気を取られないようにと、一塁手をあえてベースから離れさせた。この場面、二塁にもランナーがいたから盗塁の心配はなかったが、それでも、リードが大きくなればそれだけホームに帰ってくる危険性は高くなった。だから、一塁手を離れさせるのはリスクも大きかったのだが、まだ1点差で勝っているここは、バッターに集中させようとしたのである。文明がかけるプレッシャーには、それほど大きな威力があったのだ。

やがてタイムが解け、試合が再開された。そうしてピッチャーは、いよいよその一球目を投じたのだった。

すると、それは変化球だった。それに対し、祐之助は思いっきりスイングしていった。

しかし、結果はあえなく空振りに終わった。カウントはワンストライクになった。

それを見ながら、みなみは少し安心していた。この場面、プレッシャーに弱い祐之助は、緊張からスイングできないのではないかと心配したのだ。

しかし、それはどうやら杞憂《きゆう》に終わったようだ。彼には、一球目からスイングする気力があった。

――これなら、期待できるかもしれない。

と、みなみが思った時だった。隣に座っていた次郎が、こんなふうに言った。「ああ、ダメだよ、あれじゃあ」。それから、隣のみなみを見ると、こう言った。「あんなに大振りしてちゃ、打てないよ。もっと、狙《ねら》い球を絞っていかなきゃ」

それを聞いて、みなみは、相変わらず間の抜けたことを言うやつだと思った。

――ここは、素直にその積極性を評価してやれないのか。

そんなふうに、うんざりしかけた、その時だった。不意に、心にコツンと、小石の当たるような感覚を覚えた。

それで、思わず次郎に言った。

「今、なんて言った？」

「え？」と次郎は、みなみのその勢いに面食らったような顔をした。「何って？」

「今言った言葉よ」

――あ。

とみなみは、しかし次郎が答える前に、それに気がついた。そうして、慌てて視線をグラウンドに戻した。

その時だった。鋭い金属音が鳴り響いたかと思うと、勢いよく弾き返されたボールは、右方向へライナーで飛んでいった。

すると、相手二塁手は、タイミングを見計らって、ジャンプしてそのボールを捕ろうとした。

ところが、ボールはそのグローブの上を通過すると、そのまま右中間を破っていった。

祐之助が打った瞬間、一塁ランナーの文明は、打球の行方ではなく二塁ランナーの純の位置を確認した。

この場面はツーアウトだったから、打球が飛べばその行方にかかわらず走り始めることは決まっていたが、文明の場合、走塁を焦《あせ》りすぎると、前のランナーを抜かしてしまう危険性があった。文明の走力なら、それは十分ありえることだった。だから、まずは純の位置を確認したのだ。

すると、純は早くも走り始めていた。文明との距離も十分開いており、これなら追い抜かす危険性はなさそうだった。

それを確認した文明は、ホッとしてこう思った。

——よし、これなら全力で行ける！

それから、文明は走り始めた。足の運びを一気に速めると、これまで何度となく練習してきた、そのベースランニングに集中した。

すると、あっという間に二塁ベースを通過した彼は、そのまま三塁ベースへと迫った。そこで初めて三塁コーチを確認すると、彼は大きく手を回していた。

しかし文明は、その三塁コーチよりも、彼の後ろにいる三塁ベンチの程高部員たちに目が行った。彼らが、一斉に大きく手を回していたからだ。加地が手を回していたし、正義が回していた。次郎が手を回していたし、文乃までが回していた。

そこで文明は、さらにその速度を高め、三塁ベースを駆け抜けると、怒濤《どとう》のようにホームに迫った。

それから、純が先にホームインしたのを確認した文明は、キャッチャーの動きを見ながら、どこへ滑り込もうかと、素早く算段を巡らせた。

それは、これまで何度も練習してきたことだった。ピンチランナーに専念するようになって以来、こうした場面が来ることを想定して、際《きわ》どいタイミングでのホームへのスライディングを、何度となく練習してきたのである。

ところが、その時だった。不意に足をもつれさせた文明は、バランスを崩してしまった。それで、スライディングに移ることができず、よろめきながらホームに迫った。

しかし、そんな文明をはばむものは何もなかった。ボールはまだ、内野まで返ってきていなかったのだ。

そうして文明は、倒れ込むようにしてホームインした。それが、都立程久保高校が初優勝を成し遂げ、甲子園への出場を決めた瞬間だった。

打った祐之助は、二塁ベースに達したところで、文明がホームに倒れ込む、その瞬間を目撃した。その時、彼の頭の中には夕紀の言葉が蘇ってきていた。

その話は、先週、お見舞い面談をした折に、夕紀から聞かされたものだった。夕紀は、それを誰とは言わなかったが、自分が野球を好きになったきっかけとして、忘れられないシーンだと語った。

そのことを、バッターボックスに入る直前に、不意に思い出したのだ。そうして、初球はわざと、それも大振りで空振りしたのである。それは演技だったのだ。

そうして、二球目を右方向に狙いすまして打った。祐之助は、その球種が何であったか、コースがどこだったかを、全く覚えていなかった。ただ、二球目のそれを、胸元まで引きつけて、右方向に打ち返すということしか考えていなかった。

その通り、右方向に弾き返された打球は、二塁手の頭上を越えると、右中間を真っ二つに破っていった。

その打球が外野を転々とする間に、二塁ランナーの純に続き、一塁ランナーの文明までもが生還した。

それで試合は終了だった。5対4のサヨナラ勝ちで、程久保高校の逆転勝ちだった。

その勝利を見届けた瞬間、祐之助はバンザイをすると、その場に崩れ落ちるようにひざまずいた。すると、ベンチから飛び出してきた部員たちが、次々とその上に覆い被《かぶ》さっていった。

文明がホームインするのを、みなみは呆然《ぼうぜん》と見ていた。それから、ベンチの部員たちが次々と飛び出していくのをぼんやりと見送った。次郎もあっという間に飛び出していき、祐之助に抱きついていた。目の前では、選手の中ではただ一人ベンチにとどまった正義が、加地と抱き合っていた。

それらを見ながら、みなみは複雑な思いに悩まされていた。自分が、嬉《うれ》しいのか、悲しいのか、喜んでいいのか、泣けばいいのか、どうしたらいいのか、全く分からなかったからだ。

だから、呆然としたまましばらくその場に固まっていた。その場に石のように固まって、しばらく身動きできずにいた。

そんなみなみに、横から文乃が抱きついてきた。文乃は、すでに泣きじゃくりながら、みなみに向かってこう言った。

「みなみさん。やっぱり逃げなくてよかったですね！」

それを聞いて、みなみは不意に、おかしさが込みあげてくるのを感じた。そうなのだ。みなみを追いかけてきた文乃は、病院を出てから三十分も追いかけてきたところでようやく捕まえると、こう言ったのだ。

「みなみさん。逃げてはダメです。逃げてはダメです」

それで、みなみは唖然《あぜん》とさせられた。そのセリフを、まさか文乃から聞かされるとは思ってもみなかったからだ。

しかし、それで力が抜けてしまって、逃げる気力が失せてしまった。そうしてそのまま、引きずられるように、この球場まで来たのだった。

そのことを、みなみは不意に思い出した。そうして、自分のことを棚にあげた文乃の言葉に、おかしさが込みあげてきたのだった。

だからみなみは、不謹慎かもしれないと思ったが、この場は笑おうとしたのだった。それで、頬の筋肉を緩めたのだけれど、ところがそこで出てきたのは、激しい嗚咽《おえつ》だった。

みなみは、笑おうとしたにもかかわらず、なぜだか泣き始めていた。そうしてやがて、激しい泣き声をあげると、文乃と一緒にいつまでも泣きじゃくっていた。

エピローグ

それから一週間後、程高野球部は、甲子園の開会式本番に臨もうとしていた。ライトスタンドの外にある、蔦《つた》が絡《から》まった外壁の下の入場口で、他の出場校の選手たちと一緒に、入場行進の時が来るのを待っていた。

みなみと文乃は、そのすぐ脇《わき》にいて選手たちを見守っていた。するとそこへ、テレビ局のカメラクルーがやって来て、入場直前の選手たちを取材し始めた。

そこで女性のインタビュアーは、程高キャプテンである二階正義にインタビューを始めた。正義にあれこれと質問していた彼女は、最後にこんなふうに尋ねた。

「甲子園では、どんな野球をしたいですか?」

それを見ていたみなみは、正義がなんと答えるのか、興味を持って見守った。

この場は、当たり障《さわ》りのないことを答えるのか、それとも「顧客に感動を与える」という野球部の定義を言うのか、あるいは、ノーバント・ノーボール作戦に代表される、イノベーションのことを話すのだろうか？

すると正義は、しばらく考えた後、こう言った。

「あなたは、どんな野球をしてもらいたいですか？」

正義は、インタビュアーに向かってそう言った。

それで、「え？」と面食らったような顔になった彼女に対し、正義は続けて言った。

「ぼくたちは、それを聞きたいのです。ぼくたちは、それをマーケティングしたいのです。なぜなら、ぼくたちは、みんながしてもらいたいと思うような野球をしたいからです。ぼくたちは、顧客からスタートしたいのです。顧客が価値ありとし、必要とし、求めているものから、野球をスタートしたいのです」

そう言うと、みなみの方を振り返り、ニヤッと微笑《ほほえ》んでみせたのだった。

あとがき

あなたは、ドラッカーの『マネジメント』をご存じだろうか？

『マネジメント』は、一九〇九年（今からちょうど百年前！）にオーストリアで生まれた二十世紀最高の知性の一人といわれるピーター・F・ドラッカーが、一九七三年、彼が六十三歳の時に著した「組織経営」についての本である。これによって、いわゆる「経営学」が始まったといわれ、それゆえ、彼は「経営学の父」とも呼ばれている。

……と、知ったようなことを書いているけれど、ぼく自身がこの本を知ったのは、実はほんの数年前のことだった。今から四年前の二〇〇五年のこと、偶然知ったその本に興味を持ち、買い求めて読んだのだ。

しかし、一読して驚かされた。そこには、当時のぼくが何より求めていたもの——

組織とは何か、ということ――や、またそれを円滑に運営するためにはどうすればいいかということが、分かりやすく、しかも具体的に書かれていたからだ。

そればかりか、それを超える人間への深い洞察というか、真理といっては大袈裟《おおげさ》かも知れないが、しかし人間とは、あるいは社会とは何かを知るうえでとても重要だと思われるいくつかのことがらも、そこには書かれていた。

それに、ぼくは心を揺すぶられた。そうして、涙さえ流れた。感動したのだ。その本に書かれていたとある一節を読んで、涙があふれて止まらなかった。

それと同時に、ぼくは複雑な思いも味わっていた。それは、その本に書かれていた「マネジャー」という言葉の重要性が、ますます認識されるようになったからだ。

それ以前から、ぼくは「マネジャー（あるいはマネージャー）」という言葉については、とても気になるところがあった。というのも、日本と欧米とでは、その意味するところに大きな違いがあったからだ。

例えば、アメリカ大リーグで「マネジャー」といえば、それは「監督」のことを指す。しかし日本では、真っ先に思い浮かぶのは「高校野球の女子マネージャー」だ。しかもそこには、「スコアをつけたり後片づけをする」といった、下働き的なニュアンスさえ含まれている。つまり、英語圏のそれとは、責任や役割において、指し示すものに大きな違いがあるのだ。その違いが、『マネジメント』を読むことによって、ますます広がったように感じられたのである。

——と、その時だった。ふいに一つのアイデアが閃《ひらめ》いた。

それは、「もし高校野球の女子マネージャーが、ドラッカーの『マネジメント』を読んだら（どうなるか？）」というものだった。そしてまた、「そこに書かれている『マネジャー』という存在を自分のことだと勘違いし、本の通りにマネジメントを進めたらどうなるか？」。さらには、「それによって、みるみるうちに野球部が強くなっていったら、一体どうなるのか？」——そんなことを考えたのである。

それが、この本のアイデアを思いついた最初の瞬間であった。


このアイデアは、それから四年という歳月を経て、こうして「小説」という形で実を結ぶこととなった。その間には色んなできごとがあったのだけれど、ここでは特に、印象深かった二つのことがらについて記したい。

一つは、このアイデアを初めて公《おおやけ》にしたのはぼくのブログでだったということ。この本は、そのブログを見てくださった出版社の編集者の方が、「小説にしませんか？」と声をかけてくれたことによって生まれた。

もう一つは、この小説に出てくる登場人物の何人かは、AKB48という女性アイドルグループのメンバーがモデルになっているということ。今から数年前、ぼくは彼女たちのプロデュースに携わり、間近に接する機会に恵まれた。そこで見聞きした人物やできごとが、この小説のキャラクターやストーリーを作るうえで、大きな影響を及ぼした。

またこの本は、ぼくにとって初めての著作となる。この本作りを通して、実にさまざまな方々のご協力を頂いた。その方々に、お礼の言葉を述べたい。

まずは、最初に本を作らないかと声をかけてくれたダイヤモンド社の加藤貞顕さん。また書籍編集局の方々。『週刊ダイヤモンド』編集部の方々。営業局の方々。その他多くの方々。

次に、校正をしてくださった山中幸子さん。カバーのキャラクターや挿絵を描いてくれたゆきうさぎさん。カバーの背景を描いてくれた株式会社バンブーの益城貴昌さんと代表の竹田悠介さん。

それから、この本が出ることになるきっかけを作ってくれた『まなめはうす』というニュースサイトの管理人であるまなめさんと、はてなというインターネットサービスと、ぼくのブログの読者のみなさん。

そして何より、『マネジメント』を書いたドラッカーと、それを翻訳した上田惇生先生。特に上田先生には、この本の出版が決まった際に、ぼくにとっては終生忘れることのできない温かいお言葉を頂いた。本当にありがとうございました。

最後に、この本を、ぼくにとっての三人の師に贈るということを書き記し、あとがきを終わりにしたい。

一人は、ぼくにエンターテインメントとは何かを教えてくれた秋元康さん。もう一人は、ぼくに仕事とは何かを教えてくれた吉田正樹さん。そして三人目は、ぼくに人生とは何かを教えてくれた吉野晃章さん。お三方に、この作品を謹んでお贈りします。

岩崎夏海

二〇〇九年十一月

『もしドラ』はぼくの人生を二度変えた――文庫版あとがき

本書『もし高校野球の女子マネージャーがドラッカーの「マネジメント」を読んだら』（以下『もしドラ』）の単行本は、二〇〇九年一二月三日にダイヤモンド社から発売されると、たちまち大きな反響を巻き起こした。

まず、発売三日後に二刷がかかった。その後、年内に五万部まで増刷し、年が明けてからは増刷増刷の連続となった。二〇一〇年の七月二二日（ぼくの四二歳の誕生日でもあった）に一〇〇万部の大台に到達すると、その年の暮れには倍の二〇〇万部まで売上を伸ばした。

その後も地道に売れ続け、二〇一五年一一月現在では電子版も合わせて二七六万部である。これは、戦後の単行本では一九番目の売れ行きだそうで、とにかくよく売れた。

また、アニメ化や映画化、コミック化など、他メディアにも展開した。これに伴って、『マネジメント』をはじめとするドラッカーの著作もよく売れた。そうして、出版界に一大ブームを巻き起こした。

そういうわけだから、ぼくの人生も大きく変わった。それまで名もなき一クリエイターに過ぎなかったのが、以降は「もしドラの作者」という肩書きが欠かせなくなった。今でも、誰かに紹介されるときは必ず「もしドラの作者」という枕詞がつく。

また、『もしドラ』の売れ方はベストセラーであると同時にロングセラーでもあった。二〇一〇年に引き続き二〇一一年にも、二年連続でビジネス書部門の売上第一位となった。これは、史上初めてのことだそうである。

さらに、発売から六年が経過した二〇一五年にも、実売で一万部以上が売れている。売上だけを見ると、本当にいくつもの驚くべき数字を叩き出した。

これらのことは、ぼくにとってはもちろん嬉しいことだったが、同時にいくつかのつらいこともあった。一番つらかったのは、イメージが定着してしまったことだ。ぼくは、それ以外にもいくつかの本を出しているのだが、いまだに「新作はまだですか？」と聞かれてしまう。

また、多くの人からことあるごとに「『もしドラ』の続編はまだですか？」と期待されたのだが、それになかなか応えられなかったのもつらかった。応えられなかった理由はただ一つ、プレッシャーが大きかったのだ。前作があまりにもヒットしたので、「続編も面白いものでなければならない」という思いが強すぎた。それゆえ、結局六年もの間書けなかった。

その間、ぼくは何度か続編を書こうとしたが、しかしなかなかうまくいかなかった。そこであるとき、あらためて『もしドラ』を書いたときのことを振り返ってみた。

「そもそも、ぼくはなぜ『もしドラ』を書いたのだろう？」

その理由は、もちろん一つではなかった。あまりにも多すぎて、それを一冊の本（『もしドラ』はなぜ売れたのか？』東洋経済新報社）にまとめたくらいだ。

ただ、一番の理由は、「ドラッカーの『面白さ』を小説に落とし込み、それを多くの人に伝えたかった」ということだ。

振り返ってみると、ぼくは面白いものを見つけ、それを伝えるということを子供の頃からしてきた。そうするのが好きということもあったが、周囲の人に喜んでもらえたということも大きかった。だから、それを活かして本を作ろうとしたのである。そうしてできたのが『もしドラ』だった。

そのため、『もしドラ』にはぼくが見つけたドラッカーの「面白さ」が詰まっている。また、それ以外にもこれまでぼくが見つけてきたさまざまな「面白さ」が詰め込まれている。だから、その伝え方さえ失敗しなければ、きっと面白いものができるはずだ──という確信があった。『もしドラ』は、それをよりどころに書いたのだ。

そのことを思い出し、ぼくはだいぶ気が楽になった。なぜかといえば、もしまたドラッカーの面白さをそこに詰めることができれば、続編はきっと面白いものになるだろうと気づかされたからだ。

そうしてぼくは決意を固め、いよいよ続編を書き始めた。タイトルは、『もし高校野球の女子マネージャーがドラッカーの「イノベーションと企業家精神」を読んだら』(以下『もしイノ』)とした。なぜかといえば、今度は「イノベーション」をテーマにしようとしたからだ。

『もしドラ』が出て以降、ぼくは社会というものをずっと観察してきた。その中で、この六年間は「時代の変化」というものを強く感じた。近頃では、その変化が以前にも増して速く、また大きくなっているように感じていた。

例えば、出版業界などは、『もしドラ』を出した六年前とは大きく変化した。あるいは、ぼくが以前にいたテレビ業界もまた、大きく変化した。そういうふうに、会社単位ではなく業界単位で変化しているのが今の時代だ。

それゆえ、そこで「時代の変化が社会にもたらす影響の大きさ」というものをつぶさに観察することができた。そこで分かったのは、時代の変化の前で人間は無力だ――ということだ。それに抗《あらが》うことは、けっしてできない。時代の変化は、いうなれば大自然のようなものだ。人間にできることは、ただその変化に対応することだけなのだ。出版業界の人も、テレビ業界の人も、その変化を止めることはできない。ただ、その変化に対応した人たちだけが生き残っている。

そして、その「変化に対応する」ということこそ、「イノベーション」の本質だった。それはまた、マネジメントを確立したドラッカーにとっても大きなテーマだった。彼は、一九七三年に『マネジメント』を執筆した後、一九八五年にイノベーションをテーマとした本を書いている。その本こそ、『イノベーションと企業家精神』だった。

そこでぼくは、『イノベーションと企業家精神』をモチーフに、続編を書き始めた。すると、意外なことが分かった。それを書く際に、前作の『もしドラ』が大きな助けになったのだ。

『もしドラ』という作品は、書き始める前までは「続編の前に立ちはだかる大きな壁」と思っていた。それを足かせのように感じていた。しかし書き始めてからは、むしろ続編を書く上での土台として、なくてはならない存在となった。根底から支えてくれ、執筆を後押ししてくれた。おかげで『もしイノ』は、前作より踏み込んだ内容にすることができたのだ。

このことは、ぼくに「時代の変化というものは、前の時代と無関係には起こりえない」ということを教えてくれた。人は、ときとして前の時代を古くさく、足を引っ張るものとして切り捨ててしまう。しかしながら、そうした考えではむしろ変化への対応に失敗する。変化への対応は、前の時代を土台として活かすことで、はじめて成功するのだ。

『もしドラ』の続編も、前作を「古くさく、足を引っ張るもの」として切り捨てるのではなく、むしろそれを土台として活かすことで、はじめて書くことができた。

その意味で『もしイノ』は、それそのものが一つのイノベーションだった。ぼくは、イノベーションをテーマとした作品を書きながら、期せずして自分自身がイノベーションを果たしてもいたのだ。

ただ、今になって振り返ると、それが果たせたのも『もしドラ』に力があったからこそだ。続編を書くに当たり、ぼくはあらためて前作を読み返してみた。すると、書いたときにはぼく自身ですら気づかなかったいくつかの魅力や奥深い意味というものを、そこに見つけることができた。

それは、例えば「成長」というテーマだった。『もしドラ』に登場する野球部は、主人公のマネジメントが功を奏したからこそ強くなったのだが、その裏には、個々人の成長というものも欠かせない要素としてあった。そして不思議なことに、「成長」というのは必ずしもマネジメントによって果たされたものではなかった。「成長」は、むしろマネジメントとは逆であった。なぜかといえば、マネジメントは個々人の持っている現状のポテンシャルを最大限に引き出すことを目的としているため、そこで必ずしも成長を促しはしないからだ。しかし『もしドラ』においては、個々人の成長が果たされていた。それとマネジメントとが車の両輪として機能したからこそ、大きな飛躍を果たしたのだ。

そのため、チームの成功においてはマネジメントと同時に「成長」もまた大きなテーマとなるということが分かった。そこで続編では、マネジメントと並んで「成長」を一つのテーマとして据えた。するとそれが、物語に新たな展開をもたらしてくれた。『もしドラ』から一歩踏み込んだ内容とすることができ、奥行きが生まれた。これがなければ、ぼくは続編を完成させることができなかっただろう。

つまり『もしドラ』は、ぼくを二度助けてくれたことになる。一度目は、大きな売上を記録することでぼくの人生を変えてくれた。二度目は、その人生をさらに変えるべく「続編を書く」というイノベーションに取り組んだとき、それを根底から支えてくれ、完成への道筋を拓いてくれたのだ。

二〇一五年　秋

解説インタビュー

上田惇生《あつお》（ドラッカー学会初代代表）
岩崎夏海　聞き手

岩崎　上田先生には「もしドラ」を早くから評価していただいていました。

上田　そうそう。「もしドラ」読めばね、マネジメントがわかりますからね。そもそもマネジメントっていうのは感動するものなんですよ。人と人が働くってことは感動の種なのです。だからそれを伝えていれば感動するのは当たり前の話で。それで実際に、厚い本の『マネジメント』を読んで感激した経営者が昔アメリカにいましてね、普通は本に書いてあることを実行しようかって思うだけのところですけども、その人はドラッカーにすぐに手紙を書いた。忙しいからダメだっていうところを何回も何回も手紙を書いて、うちはああいう会社を作りたいんだ、ぜひコンサルタントになってほしいと言って、とうとう口説き落としたんですよ。とある証券会社なんですけども。そしてコンサルタントになったドラッカーが、ごく最初の頃に言ったのが、「お金を儲けるためにやってくるお客様を相手にしてはいけない」っていうことなんですね。そんなばかな。証券会社ですよ？　証券会社にやってくる人ってお金儲けしたくてくるんでしょ？（笑）でもそれを相手にしてはいけないっていうんですよ。それをまたこの会社は守るわけ。だからその会社は、あやしげな金融商品はいっさい扱わない。その投資先の会社にしても、表向きは華やかでも、実際にはいいかげんな会社、そういったところの株は薦めない。そういう金融商品も開発しない。その結果、今では業績はいちばんいいし、信頼は高いし、人気の会社としてアメリカでずっとベスト10入りしてる。

事業の目的は、金儲けではない

上田　そこはまさにドラッカーの言わんとすることを実践しているんですよ。何のために事業をするのか、っていうね。しっかりした証券会社っていうものは、社会が必要として、経済が必要とします。たとえば、お金がたまってそれを運用したいっていいう一般の人たちのお金を確実に運用する。それで、そういうお金を必要としている会社もたくさんあるわけ。それが本来の証券会社の姿なんだな。本来世の中が必要としている資金を提供するというのは、証券会社の根本になる大事なところです。だけど持っている金を10倍にも20倍にもしたいっていう人を顧客として相手にすると、あやしげな金融商品を開発せざるを得なくなっちゃう。

いい財サービスを提供するってことは、感動するってことなんですよ。顧客が豊かになって、働く人たちが張り切って自己実現する。そういう場を与えるっていうのが事業なんです。こんな当たり前のことはないんだけど、経営学の授業ではそういうのを教えてない。だからみんな、金儲けが目的だと思っちゃって。しかし金儲けを目的とすると、悪さをする。さっきの話で言うと、あやしげな金融商品とかですね。こういうのを売る事業は、顧客にも害をなすし、何よりそこで働く人間を幸せにしない。こういう事業はいけません。マネジメントの原則は「知りながら害をなすな」ですからね。

岩崎　いい財サービスを提供することで、顧客が豊かになり、働く人たちも自己実現できる。それが事業とマネジメントの目的であり、感動の種だということですね。

上田　そうそう。そして働くということと感動するってところをつなげると、こんな話もあります。ドラッカーはGEのジャック・ウェルチの相談相手になっていたというので有名ですけど、最初にGEの経営について話したときに、あなたの会社は色々なことをやっているけれども、今やっている事業は、今やってなかったとしても全部やるつもりのものか、ってこう言われて。それでウェルチが、いやそうじゃなくていろいろ行きがかり上もある、と答えたところ、じゃあ本当に値打ちがあるもの、今やってなかったらやろうと思うもの、そういう事業だけに絞ったらどうかっていうことで、事業の絞り込みをやったんですね。そして経営戦略として「一位二位戦略」っていうものを、ウェルチとドラッカーが共同開発したんです。その業界で、世界で一番か二番になる価値のあるもの以外は、手をつけないっていう戦略ですね。そしてここからが本題なんですけれども、ドラッカーが亡くなった後、ウェルチのところにインタビューに行った人がいるんです。

岩崎　それは興味深いお話ですね。

どきどきわくわくする仕事なのかと、ドラッカーは言った

上田　そのインタビューに行った人というのは、ドラッカーの伝記みたいなのを作る

ために、ドラッカーに頼まれて、元クライアントや元学生などに取材していた経済学者なんですけれども。ウェルチのところにもドラッカーが存命中から裏付けのインタビューをしているんですが、亡くなった後にまた行ってですね。そこで「あなたとドラッカーの有名な一位二位戦略っていうのをお伺いしたけれども、それについて他に付け足すことはありませんか?」と聞いたんです。そのときにウェルチが、いや、あるんだと。実はドラッカーには正確に言うと、「あなたがやっているのは、どきどきわくわくするような仕事ばっかりか?」とこう言われたというんです。GEがやっている仕事の中にはそんな面白くないものも、そりゃあ、ある、と。そうしたらドラッカーは、それはいけない、一生懸命わくわくしてできるものだけをしなさい、そうでないものはそれを一生懸命やるところに任せなさいと。

岩崎　わくわくというのがドラッカーさんらしいですね。

上田　そう。ドラッカーの言わんとすることはお客に対してはベストのチームを組めってことなんです。アウトソーシング一つとってもそれは単にコストカットの手法というのではなくて、いい仕事をする、どきどきわくわくするような仕事をやる、そういう者同士が組むってことなんですね。そしてそれがお客に対する礼儀だって。やりたくない、わくわくしない仕事をやっている、そういう人間がお客の前に出て仕事しちゃうと、創造的なことができないばかりか、つまらないミスもたくさん起こる。顧客も不満だし、働く側もますますつまらなくなる。悪い連鎖の始まりです。だから、最高のチームでお客様に対峙しなさい。顧客が一番大事で、仕事は感動の種なんだと。最高のチームで仕事をすることが働く喜びを得るためにも、成果をあげるためにも、一番大切なことなんだっていうね。

岩崎　そうですね。やはり人間の気持ちに焦点を合わせる、というのが大切ということですね。金儲けや効率だけが、人間の本当に求めているものではない。それよりも、どきどきわくわくする方がだいじだったりする。そこを見誤らないことがポイントなんですね。

上田　仕事と事業の本質を見誤ると、金儲けのことしか考えなくなる。というか、金儲け以外の喜びとか目的を知らないで仕事をすると、そうなっちゃう。で、ドラッカーはこう言う。金儲け、金儲けって言って大学院を出ている人たちは、たいてい成功するって。なぜなら金のことしか考えないんだからって、こう言うわけ。ひどい言い方する（笑）。最近で言ったら、金儲けしようとやってる若手の人たちは、金持ちになるのは当たり前。金のことしか考えていないんです。でも、後で気がつくの。何もないじゃないかと。通帳の数字しか残らないわけ。自分はこれを作って世の中の人に喜ばれたってものを作る、それが主眼でないから。あるいは素晴らしいチームを作ってみんながにこにこと仕事をしたと。それが主眼でないといけない。

岩崎 ええ、やりがいとか、働きがいとかですね。

上田 そういうものを与えたという喜びが関係ないわけだから。金のことだけ考えると。

岩崎 人から奪うことばかりになりますよね。

上田 そうそう！ お客から奪って自分のポケットに入れる、さらには従業員からも奪って自分のポケットに入れるってことまでしちゃうわけだから。でも、そんなことじゃないんだ、事業っていうのはもっと素晴らしいんだってことが、「もしドラ」読むといつの間にかわかっちゃう。事業と経営の本質を、世界中のビジネススクールが教えてないことを、「もしドラ」は教えてくれるわけ。これを読んでれば一番質のいい経営学がわかる。いいものは誰だってわかるわけだから、人気出るのは当たり前です。むしろなぜ時間がかかっちゃったのか、私としては不満。ドラッカーは言うでしょ？ 不満を持たなきゃいけないって（笑）。それで進歩があるんだって。だから、ようやく間に合ってくれた、ああよかったという感じです。

「もしドラ」を読んで涙した上田先生。その理由は?

岩崎　上田先生が一番初めに「もしドラ」を読まれたのは、単行本のゲラの段階だったと思いますが、その時の感想というのはどういうものでしたか?

上田　いや、読んだとたんにこれだと思いましたよ。これが求めていたものだって。それで困っちゃった。もう涙こぼれてきちゃって。電車に乗ってたんだけど、帽子で涙隠して読んでた(笑)。それで本になって読んでまた泣いて、三回目に読んでもっと泣いて。だんだん涙の量が増えていっちゃって。それで岩崎さんにそう言ったら、四回目はもっと増えますよって言われたんだ。なぜなら色々伏線があるからって。それがまたその通りで、読むたびにストーリーの中で新しい発見があるんだよね。

岩崎　ありがとうございます(笑)。

上田　純粋に楽しむ。質のいい涙が流れるっていうのは快感だからね。でもそうしながらですね、マネジメント、人と人とが働くということの真髄を理解できちゃうという、すごいことを経験できるんですよね。なぜかというと、仕事するということが、そもそもそういうことなんですよ。

岩崎　そうですね、本当に。

上田　いい仲間といい仕事をするとね、こんないい体験をした上に給料までもらうとは申し訳ない。そういう心境になるんですね。それが目指すべきことで、なおかつ会社を潰さないでちゃんとやっていくっていうのが経営者の責任。経営者っていうのは、いいものを世の中に提供するんだから、これは誇り高いものですよ。それでみんなが参加できる場を作るんだから、なお誇り高い。その代わり、めちゃくちゃ大変なのよ。責任を求められたりとか。だから働いている人の首を切らざるを得ないように会社をもってくるっていうのは、どんなことだろうが、やっちゃいけないことなんだよね。

翻訳こそ、相手を知る最良の方法

岩崎　先生が初めてドラッカーの本と出会ったのは、いつになりますか？

上田　二十五歳の時に経団連に就職して、それからですね。経団連というのは経済団体だから、経済団体に就職した以上は経済がわからなきゃ、というわけで。そのためには、英語で書かれた経済の本を翻訳すると勉強になるよと、先輩に言われて。これは同じことをドラッカーも言っている。人が何を考えているかを知るには、その人が書いたものを翻訳するのが一番の近道だよと。だからドラッカーは私のことをね、上田先生は自分よりも自分のことをわかってくれていると、年中書いたり言ったりしていて、こっちは単純に喜んだりしてたんだけど、特別ほめるようなことじゃないわけです。誰だって翻訳すれば書いた人間の頭の中は全部わかるんだから。ドラッカーの本は隅から隅までやってるわけだから、わかるのは当たり前の話で。私がえらいんじゃない（笑）。

それで、先輩が作った翻訳チームに参加していたら、ダイヤモンド社から今度は一人で翻訳してみないかと言われて。それが、日本語では『若き経営エリートたち』っていう本なんですが、これは成功している若手経営者についてアンケートとインタビューの大調査をして、一冊の本にまとめたものなんです。その推薦の言葉をドラッカーが書いてるんですが、そこで「今の若手の経営者たちは、めちゃくちゃ仕事ができる。でも、目的については何も考えていない。この調子でいくとアメリカの経済は大丈夫だろうが、アメリカの社会はどうなるのか、それが心配だ」って書いてるの。

岩崎　それは、なかなかすごい推薦文ですね。

上田　確かに、その当時のアメリカの若手経営者ってのは、考えない、いわゆる教養をバカにする世代だった。ヘルマン・ヘッセを読んで何の役に立つっていう。今の経営者の中には、当然読書家もいっぱいいらっしゃると思いますが。それで、本なんか全然読まないで、世の中に貢献とかじゃなくて金を増やすためには何してもいいっていう種類の頑張っている人たちばかりが経営者になっちゃったら、世の中は一体どうなるんだろう、ということを、一九六五年の推薦文で書いている。ドラッカーが相当心配したことです。だけど、結局リーマンショックみたいなことが起こっちゃった。ああいう毒饅頭みたいな、世の中に出回ったら危険だという金融商品は、最初から開発しちゃいけないわけ。それを大学出たばっかりの、希望に燃える優秀な若者に販売させて、それが毒饅頭だったなんてね。本人たちも愕然とするけども、それを手にしたために地方の金融機関や大学のような教育機関がなけなしの金を投資してパーにしちゃった。

経営者にとっての教養の必要性とは

上田　作って良いものと悪いものがあるわけですよ。それを作ったってことは、教養がない、つまり善悪の観念がないからなんです。必ず、教養というのは善悪の観念がくっついていないといけない。教養そのものは変わってきますよ。時代によって。でもそれにくっついている善悪の観念っていうのは常にある。教養ってのは社会の先頭に立つ人間が、その能力と時間を使って身につけておくべきものなんです。かつてはお坊さんや、お医者さん、そういったえらい人たちがその役を担ってきたわけだけど、今は違う。会社で人を組織してものを作っている人たちが、世の中を動かしているわけだから。現代においては経営者が社会のリーダーの役をやらないといけないんだけど、それゆえにそういう人たちが教養なくなると、社会全体が困るわけですよ。

ドラッカーの魅力と「真摯さ」という訳語

岩崎　上田先生がドラッカーに惹かれたというか、魅力を感じたのはどういう所だったんですか？

上田　やっぱり、すごくわかりやすいから。言っていることの魅力もそうですけど、波長が合うっていうのもありますね。文章は短ければ短いほどいいって感覚を私は持ってるんですけども、短い文章で翻訳すると、ドラッカーの場合はぴたっといくんですよ。それだけに、いじくり甲斐もありますね。「integrity」なんて言葉は、最初は「誠実さ」みたいに訳しているんですよ。でもそれを、田んぼのあぜ道とかを歩きながら推敲して、訳語を探して。これはどう考えたって「真摯さ」しかないやって。そうやって三日も四日も考えてたやつがですね、岩崎さんの目に留まって、「もしドラ」の最初の方に出てくるのはね、これはものすごくうれしいですよ！　あの一語にはどれだけ時間がかかっているかってね。映画とかと一緒で、どれだけフィルムを捨てたかによって、良し悪しが変わってくるってのは本当にそうね。

岩崎　そうですね。たくさんのフィルムが捨てられているんですね。もちろん『マネジメント』からもだいぶ捨てられているし。僕はこの「真摯さ」という言葉に、と言いますか、「マネジャーの資質」という部分にすごく惹かれてですね。そこに来るとドラッカーの筆が熱くなるというか。熱がこもっているんですよね。

上田　やっぱりドラッカーのすごさは真摯さですね。原義的に言って、首尾一貫しているんですよ。その方法論も問題意識も処女作からずっと繋がっている。そしてそれが今でも通じちゃうんですよ。

岩崎　もし今の段階で真摯さが欠けている人物の場合は、どうしたらよいのでしょうか？　「もしドラ」の中でも、自分には真摯さがないかもという思いがよぎり、主人公のみなみは涙していますが……。

上田　ここは、ドラッカーの少し矛盾しているところでね、言葉の上では矛盾して見えるんだけれども、岩崎さんがおっしゃるようにドラッカーが熱を込めて、強い言葉を書いたとこ。筆が走ったと言いますかね。でもドラッカーの著作を隅々まで読めば、ちゃんと書いてある。大丈夫。真摯さは、後からでも必ず身につきますよ。それこそ、首尾一貫してドラッカーが言っていることだから。

高齢化社会に対するドラッカーの処方箋とは

上田　ドラッカーの問題意識が変わらず通用するというのは、これはある意味でいうと、世の中の進歩の度合いが遅すぎるっていうことなんですね。もちろん、事実上過ぎ去ってしまった問題っていうのもあるんだ。今更言ってもしょうがないよっていうね。例えばイギリスやフランスが一つの経済圏になっちゃって、日本はそれに入りにくくなって困ったなんていうのは、ドラッカーが言ってた通りなんだけど、それはもう当たり前の話でしょ？　でも、ドラッカーが取り上げた問題で、そのまま解決しないでほっぽらかされている問題っていうのはめちゃくちゃあるわけです。少子高齢化の問題だってそうだし、たとえば高齢者の働く機会なんて問題は、ドラッカーはやっぱり六十五歳で定年するのは間違いだってはっきり言っているんですね。そう言った時、アメリカでは六十五歳定年になってたけれども日本ではまだ五十五歳でしたからね。やっと日本もここまで来たわけですけれども、まだ延ばせってドラッカーは言っている。でも延ばすには条件があって、それがまだ満たせてないのね。それは何かっていうと、ボケたということを本人が自覚して認める、そういう方法を開発しないといけない。本人を傷つけずに、ボケたということをわからせる方法ね。その上で定年を延長、あるいはなくさないと社会がもたないわけです。働いている人間が、何人も年寄り抱えるわけにはいかないわけ。でもドラッカーは、それでもまだ問題が残ると言っている。八十、九十がいるじゃないかと。だからもちろん難しい問題なんだけど、こういう種類の問題を正面から取り上げてないでしょ？

岩崎　そうですね。見て見ぬふりというか。

上田　そう。見て見ぬふり。知ってても解決できないからほっとく。そういう問題っていうのは、まだまだいっぱいあるんですよ。

会議で一致した時は危険

岩崎　僕が感じるドラッカーの魅力は、まず言葉の一つ一つが警句として、強く心に刺さってくるところですね。あとは、合理的な部分と感覚的なものが、両方を補いながら循環しているというか。

上田　そこが日本人にはぴったりなんだな。つまり、ばらばらに分解して、組み立て直して色々足していけばいいものができるという考え方が間違いだってことが、いわゆる右脳でわかっちゃうのが日本人なんです。で、ドラッカーの考え方も、まさにそういうことで。これまで、理屈理屈で全て解決できると思っていたが、これからの時代はそうではない。資源、環境、エネルギー、教育、そういった問題は全て理屈だけではうまくいかないんですよ。それを超えた何かがあるんだっていう。「我思う、ゆえに我あり」では足りないんだというね。デカルトは、理屈で全部わかると言ったけれども、いやそれだけじゃないと言ったのがドラッカー。だから両者は並び得る存在なんだけれども、それがわかるのは日本人だけだと思うんですよね。西洋人はまだわかっていない。彼らも全体を見るのが大切だということはわかっているけれども、二十一世紀はそれだけじゃ足りないってことを、一番理解しているのは日本人だと思いますね。だからと言って、理屈がダメって言いすぎるのも危険なこと。やっぱり理屈が文明をここまで持ってきたんだから。デカルト以来の近代合理主義っていうのが、科学を生み、産業を生んで、世の中を進歩させているんですよ。

岩崎　そこを完全に否定してはだめですね。両者は歯車の車輪のように、一体のものということでしょうか。

上田　ドラッカー自身は、自分は保守的な保守主義者とか、革新的な革新主義者には絶対なり得ないと言っているんですよね。保守的な革新家であるか、革新的な保守家であるか、常に両方を持っているのね。その二つは対立するものじゃなくて、両立するもの。北極と南極みたいなもので、両方ある。だからある人たちには生ぬるいって言われる。でも、生ぬるいところに真理があるんですよね。そういう種類の、全てのものを生き物のように見るっていうのは、言葉になりにくいんですよ。結局ドラッカーのすごさにしても、「もしドラ」のよさにしても、言葉にならない世界なんですね。だから理解されるまでに時間がかかっちゃう。だいたい言葉にできるやつっていうのは、単細胞だからね。金儲け一生懸命やるだけなら、できるのは当たり前っていうのと同じでね、簡単なんですよ。会議室ではそっちが勝つ。だから行動を間違うんです。会議室では、必ずそっちに行っちゃうんですよね。理屈でみんなが一致した時は危険なんです。向こう側の景色を見てないんだから。

「なんで俺はこれに気がつかなかったんだ」

岩崎　最後に「もしドラ」の読者にメッセージをお願いします。

上田　「もしドラ」を読む人は、読まない人よりも一歩先を行くと思う。言っていることは間違いない。それでいて面白さは保証付きっていう、奇跡的な話なんですよ。ドラッカーも言っています。新製品で、みんなに受け入れられるような製品が開発された時に、最高のほめ言葉は「なんで俺はこれに気がつかなかったんだ」ですから。それがみんなが求めているものなんですよ。この「もしドラ」がそうだからうれしくなっちゃうね。岩崎さんの小説を読んで、漫画も読んで、その教科書になったドラッカーの本も読めば、俺たちでいい会社を作ろうよってなるんです。実際にそれでアメリカ一の会社になってるところがあるんだから。日本でもどんどんそういうことが起こっていけばこんなに素晴らしいことはないですね。

岩崎　日本各地で「もしドラ」、あるいはドラッカーについての講演をさせて頂くと、ほんとうにみなさんが目をキラキラさせて、どうもありがとうっておっしゃるんですよね。それがすごいなあと思います。それで、みんな身の周りの人に薦めてくださるんです。僕は情報には二つの種類があると思っていて、一つは隠しておくこと、独占してておくことによって価値が生まれる情報ってあると思うんです。でもそんなのは大したことなくて、ドラッカーっていうのは、広めることによって価値が生まれるっていう、すごい情報なんですよね。広げれば広げるほど価値が上がっていく。こんないい情報はないですよ。渡す方もうれしいし、受け取る方もうれしい情報だから、どこまでも広がっていくんでしょうね。

上田　私は三十五年以上、それを待っていたんです。

岩崎　まさに上田先生が種を植えて下さったのが、今花開いたということでしょうか。上田先生、ありがとうございました。

（「スーパージャンプ」集英社　二〇一一年新年二号〜七号収録の対談を編集して収録）

本書は平成二十一年十二月、ダイヤモンド社より刊行された。

モンゴメリ
村岡花子訳

赤毛のアン
―赤毛のアン・シリーズ1―

大きな眼にソバカスだらけの顔、おしゃべりが大好きな赤毛のアンが、夢のように美しいグリン・ゲイブルスで過した少女時代の物語。

モンゴメリ
村岡花子訳

アンの青春
―赤毛のアン・シリーズ2―

小学校の新任教師として忙しい16歳の秋から物語は始まり、少女からおとなの女性へと成長していくアンの多感な日々が展開される。

モンゴメリ
村岡美枝訳

アンの想い出の日々（上・下）
―赤毛のアン・シリーズ11―

モンゴメリの遺作、新原稿を含む完全版が待望の邦訳。人生の光と影を深い洞察で見つめた、「アン・シリーズ」感動の最終巻。

モンゴメリ
村岡花子訳

アンの娘リラ
―赤毛のアン・シリーズ10―

大戦が勃発し、成長した息子たちも娘の恋人たちも次々に出征した。愛する者に去られた悲しみに耐える、母親アンと末娘リラの姿。

マーク・トウェイン
村岡花子訳

ハックルベリイ・フィンの冒険

トムとハックは盗賊の金貨を発見して大金持になったが、彼らの悪童ぶりはいっそう激しく冒険また冒険。アメリカ文学の最高傑作。

マーク・トウェイン
柴田元幸訳

トム・ソーヤーの冒険

海賊ごっこに幽霊屋敷探検、毎日が冒険のトムはある夜墓場で殺人事件を目撃してしまい――少年文学の永遠の名作を名翻訳家が新訳。

J・G・ロビンソン
高見 浩 訳
思い出のマーニー
心を閉ざしていたアンナに初めてできた親友マーニーは突然姿を消してしまって……。過去と未来をめぐる奇跡が少女を成長させる！

メーテルリンク
堀口大學 訳
青い鳥
幸福の青い鳥はどこだろう？ クリスマスの前夜、妖女に言いつかって青い鳥を探しに出た兄妹、チルチルとミチルの夢と冒険の物語。

ライマン・フランク・ボーム
河野万里子 訳
にしざかひろみ 絵
オズの魔法使い
ドロシーは一風変わった仲間たちと、オズ大王に会うためにエメラルドの都を目指す。読み継がれる物語の、大人にも味わえる名訳。

サン＝テグジュペリ
堀口大學 訳
人間の土地
不時着したサハラ砂漠の真只中で、三日間の渇きと疲労に打ち克って奇蹟的な生還を遂げたサン＝テグジュペリの勇気の源泉とは……。

バーネット
畔柳和代 訳
小公女
最愛の父親が亡くなり、裕福な暮らしから一転、召使いとしてこき使われる身となった少女。永遠の名作を、いきいきとした新訳で。

チェーホフ
神西 清 訳
桜の園・三人姉妹
急変していく現実を理解できず、華やかな昔の夢に溺れたまま没落していく貴族の哀愁を描いた「桜の園」。名作「三人姉妹」を併録。

筒井康隆著　旅のラゴス

集団転移、壁抜けなど不思議な体験を繰り返し、二度も奴隷の身に落とされながら、生涯をかけて旅を続ける男・ラゴスの目的は何か？

筒井康隆著　家族八景

テレパシーをもって、目の前の人の心を全て読みとってしまう七瀬が、お手伝いさんとして入り込む家庭の茶の間の虚偽を抉り出す。

筒井康隆著　七瀬ふたたび

旅に出たテレパス七瀬。さまざまな超能力者とめぐりあった彼女は、彼らを抹殺しようと企む暗黒組織と血みどろの死闘を展開する！

筒井康隆著　エディプスの恋人

ある日、少年の頭上でボールが割れた。強い〝意志〟の力に守られた少年の謎を探るうち、テレパス七瀬は、いつしか少年を愛していた。

筒井康隆著　狂気の沙汰も金次第

独自のアイディアと乾いた笑いで、狂気と幻想に満ちたユニークな世界を創造する著者のエッセイ集。すべて山藤章二のイラスト入り。

筒井康隆著　富豪刑事

キャデラックを乗り廻し、最高のハバナの葉巻をくわえた富豪刑事こと、神戸大助が難事件を解決してゆく。金を湯水のように使って。

柳井正著
一勝九敗
個人経営の紳士服店が、大企業ユニクロへと急成長した原動力は、「失敗を恐れないこと」だった。意欲ある、働く若い人たちへ！

柳井正著
成功は一日で捨て去れ
大企業病阻止、新商品開発、海外展開。常に挑戦者として世界一を目指す組織はいかに作られたのか？　経営トップが明かす格闘の記録。

永井隆著
キリンを作った男
―マーケティングの天才・前田仁の生涯―
不滅のヒット商品、「一番搾り」を生んだ男、前田仁。彼の嗅覚、ビジネス哲学、栄光、挫折、復活を描く、本格企業ノンフィクション。

真山仁著
プライド
現代を生き抜くために、絶対に譲れないものは何か、矜持とは何か。人間の深層心理まで描きこんだ極上の社会派フィクション全六編。

本田宗一郎著
俺の考え
「一番大事にしているのは技術ではない」技術のHONDAの創業者が、仕事と物作りのエッセンスを語る、爽やかな直言エッセイ。

河合隼雄著
働きざかりの心理学
「働くこと＝生きること」働く人であれば誰しもが直面する人生の〝見えざる危機〟を心身両面から分析。繰り返し読みたい心のカルテ。

新潮文庫の新刊

成田聡子著
えげつない！寄生生物
卵を守るため、カニの神経まで支配するフクロムシ、ヒトやネズミの性格をも操るトキソプラズマ。寄生生物たちの驚くべき戦略！

J・L・バーク
吉野弘人訳
礫の地
CWA賞最優秀長篇賞受賞
かつてリンチ殺人が起きた街で、いままた悲劇が錯綜する……。米南部ミステリーの巨匠が犯罪小説に文学性を吹き込んだ最高傑作！

M・ブレイク
池田真紀子訳
眠れるアンナ・O
殺人の第一容疑者とされたまま眠り続けるアンナ。過去の睡眠時犯罪と関係するのか?! 二転三転で終わらない超弩級心理スリラー。

村田天著
落ちこぼれ魔法少女の恋愛下剋上
―魔法学校のワケあり劣等生なのに稀代の天才魔法使い様がベタ惚れ執着して困ってます―
惚れさせたら私が上ってことだよね、なんて言うんじゃなかった！ 最下位少女×首席青年の胸キュン100％でこぼこ恋愛ファンタジー。

斜線堂有紀・尾八原ジュージ
木江恭・櫛木理宇著
芦花公園・皮肉屋文庫
おとどけものです。
―あなたに届いた6つの恐怖―
あなたに一つの箱が届きました。ひらけば最後、もう戻れません。時代を牽引するホラー作家たちが織り成す無制限の恐怖が集結。

宮島未奈著
成瀬は天下を取りにいく
R－18文学賞・本屋大賞ほか受賞
中二の夏を西武百貨店に捧げ、M－1に挑み、二百歳まで生きると堂々宣言。最高の主人公・成瀬あかりを描く、圧巻の青春小説！

もし高校《こうこう》野《や》球《きゅう》の女子《じょし》マネージャーが
ドラッカーの『マネジメント』を読《よ》んだら

新潮文庫　　い-125-1

平成二十七年十二月　一　日　発　行
令和　七　年　八　月二十五日　十　刷

著　者　岩《いわ》崎《さき》夏《なつ》海《み》

発行者　佐藤隆信

発行所　株式会社 新潮社

郵便番号　一六二―八七一一
東京都新宿区矢来町七一
電話　編集部(〇三)三二六六―五四四〇
　　　読者係(〇三)三二六六―五一一一
https://www.shinchosha.co.jp

価格はカバーに表示してあります。

乱丁・落丁本は、ご面倒ですが小社読者係宛ご送付ください。送料小社負担にてお取替えいたします。

印刷・錦明印刷株式会社　製本・錦明印刷株式会社

ISBN978-4-10-120221-1　C0134